ベリーズ文庫

婚約者に売られたドン底聖女ですが敵国王子のお飾り側妃はじめました

一ノ瀬千景

STARTS
スターツ出版株式会社

目次

婚約者に売られたドン底聖女ですが敵国王子のお飾り側妃はじめました

CHARACTER
INTRODUCTION
ナルエフの王子
レナート
ナルエフ王国の将軍であり第六王子。イリムに売られたオディーリアをお飾り妻に指名するとともに、神秘的な雰囲気の彼女を「戦場の女神」に仕立て上げ、軍の士気を高める。健気で聡明な彼女に徐々に惹かれていき…!?
不遇な美人聖女
オディーリア
ロンバル王国の聖女。捕虜となった王太子を助けるため、治癒の魔力「白い声」を奪われナルエフに売られてしまう。白い声を失った自分に価値はないと思っていたが、レナートや敵国兵たちに熱烈に愛されてしまい戸惑い気味。

婚約者に売られたドン底聖女ですが敵国王子のお飾り側妃はじめました

あざと系男子
マイト

ナルエフ軍第一隊長。天使のようにかわいい顔をした少年だが、剣の腕は達人級！　クロエとともにオディーリアのよき友人となる。

ロンバルの王太子
イリム

オディーリアの元婚約者。指揮官としてナルエフとの戦に臨むも捕虜になってしまい、自身の解放と引き換えに彼女を売った非道。

カタブツ近侍
ハッシュ

レナートの側近でクロエの兄。仕事はできるが空気を読むのは苦手なため、家族から「こんなに結婚に向かない者はいない」と評される。

ポジティブ侍女
クロエ

良家の令嬢らしからぬ元気の良さを買われオディーリアの侍女になる。マイトの部下であるアスランに一目惚れし、猛アタックを開始！

婚約者に売られたドン底聖女ですが
敵国王子のお飾り側妃はじめました

プロローグ

戦とは残虐で過酷なもの。

前線に立つ兵士にはもちろん及ばないが、後方支援の現場もそれは同じだ。

（と思っていたのだけど……なんなんだろう、この状況）

オディーリアは困惑していた。

月光を映したような長い銀の髪を雑にまとめ、白い頬に血がこびりついているのは気にも留めていない。

怪我の手当てをし、熱を出している者の看病をする。その合間に薬草を調合したり、大量の汚れた衣類を洗濯したり、故国であるロンバル王国の軍にいたときとやることは同じだ。だけど、どうにもここは……居心地が悪かった。

たった今、オディーリアが手当てを終えたばかりの歩兵が痛みなど忘れたかのように元気な声をあげる。

「女神さまが手当てしてくれたんだ！　こんな傷は明日にも塞がるな」

（じゅ、重傷だから……絶対に無理。ていうか、止血の妨げになるから無駄に興奮し

ないで）

ふと視線を感じて振り返れば、今度は若い兵が瞳を輝かせてこちらを見ていた。

「おぉ、女神さまが俺にほほ笑みかけてくれたぞ。俺はこの戦で手柄を立てて、大出世するかも！」

「あぁ、間違いない。女神さまのご加護をもらったんだ。将来は将軍も夢じゃないぞ」

今回が初陣らしい若い兵がウキウキした声で叫ぶと、周囲のベテラン兵たちも同調して盛りあがる。

（それは実力次第……）

どうしてここはこんなにも明るいのだろう。

かつていた場所と同じく血の匂いが充満する戦場なのに、まるで別世界だ。

「女神さま、女神さま！」

「あっ、はい。なんでしょうか？」

「いただいた薬草のおかげで腹痛がすっかり消えました。さすがは女神さまです！」

リュズの草には身体を内側から元気にしてくれる作用がある。ロンバルでは古来より重宝されている薬草で、別に自分のおかげではない。

（そもそも、どうして『女神さま』なんて呼ばれてるのかしら？　今の私は魔力を失った役立たずなのに……)

オディーリアは故国ロンバルでは聖女と呼ばれていた。かぎられた人間しか持たない、治癒の魔力『白い声』を持っていたからだ。でも、その力はある人物によって奪われてしまった。

今のオディーリアはなんの能力もないうえに、素性も怪しい十九歳の小娘でしかない。

にもかかわらず、ここナルエフ王国の兵士たちはオディーリアを女神と呼び、仲間として受け入れてくれている。この状況がオディーリアには不思議でならず、落ち着かないのだ。

天幕の入口付近が騒がしくなった。誰かやってきたのだろう。

「将軍だ。レナート将軍が戻られたぞ」

太陽のように輝く金色の瞳が印象的で圧倒的な陽のオーラを持つ男、彼がこの戦で総大将を務める、レナート・ウェーバー将軍だ。

オディーリアはじっと彼を見る。

(そして、嘘八百で私を女神に仕立てあげた人)

視線に気がついた彼がふっと笑む。オディーリアは慌てて目をそらし身をひるがえすが、一歩遅かったようだ。レナートはオディーリアに歩み寄り、声をかける。

「疲れていないか、女神さま」

彼の〝女神さま〟はほかのみんなとはトーンが違う。あきらかに揶揄の色を帯びている。

「その呼び名、やめてください」

「どうしてだ？　慣れておいたほうがいいぞ。じきにナルエフ中の人間がお前をそう呼ぶようになるんだから」

オディーリアが氷の眼差しを向けても、レナートは楽しそうに笑うばかりだ。が、ふいに真面目な顔になって付け加える。

「まぁ、でも心配しているのは本当だ。負傷兵はみなお前に手当てをしてもらったと言っている。ちゃんと休めているか？　無理はするなよ」

兵士でもない自分の身体を気遣ってもらったのは初めてだ。レナートはつくづく変わった男だと思う。

「大丈夫です。ここは、私にも食事と休息をくれますから」

かつていたロンバル軍では、食事は兵士が最優先でオディーリアはいつも空腹の状態で働いていた。白い声の力は戦況に影響を及ぼすほど重要だったため、休む暇など与えられなかった。

もっとも同じ聖女でも、上級貴族の娘はそのかぎりではなかったようだが……。

「ここは？」

レナートは軽く眉をひそめる。オディーリアの過去を察したのかもしれない。でも、それ以上の詮索はしてこない。いつになく真剣な声で言うだけだ。

「お前の薬草の知識や的確な手当てには感謝している。だが、自分のこともいたわれ。〝オディーリア〟を大切にするんだ。わかるな？」

くしゃりと頭を撫でる彼の手は温かくて、くすぐったい。

（レナートはいつもそう言う。自分を大事にしろって……けど、私にはよくわからない）

オディーリアは白い声を持つ聖女。ロンバルでは聖女は大切な武器だった。

武器に自我はいらない、求められるのは役割をまっとうすること。ずっとそうやって生きてきたのだ。

（レナートの話は時々難しい。彼といれば、わかる日が来るのかな？）

一　裏切り

　話はふた月前にさかのぼる。オディーリアは故国ロンバルの聖女として従軍していた。

　果てなく続く赤土の荒野に、乾いた風が吹きすさぶ。風は戦場の匂いを運んでくる。すえた血肉の……死の匂いだ。そのおぞましさに、オディーリアはぶるりと身体を震わせた。

　腰まで流れる銀髪と神秘的な輝きを放つ紫の瞳。象牙のようにすべらかな肌にバラ色の頬と唇。〝ロンバルの宝石〟とうたわれる美貌はこんな場所でもひと際輝いていた。

「傷ついた兵たちに力を……」

　漆黒の闇に向かって歌う。穢れを洗い流す、清らかな声が夜空に溶けていく。

　オディーリアの歌声には特別な治癒の魔力がある。怪我人や病人を癒やすことができるのだ。ロンバルではこの魔力を白い声と呼び、使い手は聖女として相応の地位を約束されていた。

ロンバルは歴史ある大国だ。王都周辺は聖教会の大司教でもある国王が、各地方を諸侯たちが治めている。国民は生まれた地を治める諸侯の支配下におかれるが、魔力を持つ人間だけは聖教会、すなわち国王の配下に入る。オディーリアも力が発現した七歳のときに生まれ育ったど田舎から王都に送られ、聖教会の教育を受けた。

国王が諸侯に対して優位を保っていられるのは、この仕組みで魔力を持つ人間を組織化して自分の武器にしているからだ。

歌を捧げ終えたオディーリアは夜空を仰ぐ。

（……不穏な気配だわ）

この戦は負ける、そんな気がした。

今回の戦の相手は北の新興国ナルエフだ。ロンバルの民にとっては、急に目立つ存在になった謎の多い国というイメージだ。

オディーリアの婚約者であり、今回ロンバル軍の指揮官のひとりとして参戦しているイリムは『歴史も伝統もない辺境の蛮族だ。我が国の相手ではない』と豪語していたが、勢いのある新興国家が恐ろしいことは歴史が証明している。

実際、この宿営地に戻ってくる兵には重傷者が多く、負傷していない者も疲弊しきった顔をしていた。

『ナルエフの指揮官は千里眼の魔力を持っているのかも……遠く離れた隊同士が不思議な連携を見せるんだよ』

『ただの歩兵が妙に強いんだ』

彼らは口々にそんなふうに語った。ようするに、ナルエフ軍は圧倒的に強いということのようだ。加えて、戦場となっているこの地はナルエフと同盟を結ぶ小国の領土なので、地形などの有益な情報も向こうが握っている。

（千里眼の魔力。あまり聞いたことはないけれど……）

魔力にはまだまだ謎が多い。広い大陸のどこかに、まだ知られていない力が存在していても不思議ではないのだ。

ロンバルで活用している魔力だけでも、白い声以外にもいろいろある。戦で役立つのは白い声や火を操る『赤い声』だが、国民にもっとも恩恵があるのは作物の生育を助ける『緑の声』かもしれない。

魔力の力比べならロンバルはどこにも負けないと言われているが――。

（この大きな差は、ちょっと埋められないかもしれない）

歌声を捧げ続けるオディーリアにも疲れが見えはじめていた。

そんなとき、砂塵を巻きあげて、オディーリアのもとに数騎の馬が駆けてくる。

「あなたたち！　イリムになにかあったの？」

見知った顔の者たちが馬から飛びおりオディーリアの前に立つ。イリムを守っているはずの側近たちだ。

彼らはオディーリアを見て、ほんの一瞬表情を曇らせたが、次の瞬間には彼女に飛びかかりその身体を拘束した。

「な、なにをっ」

「俺たちを恨むなよ」

「ええ。聖女の存在はありがたいですが、王太子の命には代えられません」

王太子とはイリムのこと。彼はこの国の次期国王なのだ。

どういうことなのか説明を求めたかったが、彼らのうちのひとりにみぞおちを蹴りあげられ、とても言葉を発することはできなくなった。

「うぅ」

低いうめき声をあげて、オディーリアは地面に倒れた。口調の柔らかいリーダー格の男がかがんで、オディーリアの顎をつかむ。

「とはいえ、ナルエフに白い声は渡せませんからね」

そうつぶやくと、オディーリアの口に小瓶を押しつけ、なかの液体を無理やり流し込んだ。ゴクリとそれが喉を通った瞬間、焼けつくような痛みがオディーリアを襲った。強烈な熱さと痛みで喉がつぶされていく。

「これで、あなたは聖女ではなくなる。さぁ、急ぎましょう」

男の指示でオディーリアは担がれ、馬に乗せられた。

薄れていく意識のなかで、オディーリアは小さく歌った。力強い蹄の音にかき消され、オディーリアを抱える男にはきっと聞こえていないだろう。

自分のために歌を捧げるのは、人生で初めてのことだった。

ペチペチと頬を軽く叩かれ、オディーリアは目を覚ました。

鉛でも詰められたかのように頭は重く、視界には白いモヤがかかっていた。先ほどの激痛は消えていたが、喉には強い違和感が残っていた。

(声……が……)

息が漏れるばかりで声にならない。飲まされた液体はオディーリアから声を奪う毒だったようだ。

「目が覚めたか?」

オディーリアは自分が意思疎通のための言葉と治癒の魔力を失ったことを悟った。

オディーリアの前で膝をつき、その顔をのぞき込んでいるのは、まったく知らない男だった。

松明の明かりのみの薄暗いなかでも、彼の美しさは際立っていた。黒い髪と明るい金色の瞳。顔立ちは女性的ともいえるほどに端整だが、むき出しの肩や腕には無数の刀傷があり彼が軍人であることを物語っていた。背が高く、しなやかで引き締まった身体つきをしている。

否が応でも人目を惹く、なんとも華のある男だ。

「俺の名はレナート。ナルエフ軍の人間だ」

艶のある美しい声だった。

事情はわからないが、オディーリアはどうやら敵陣に連れてこられたらしい。だが、不思議と目の前の男に恐怖は感じない。

身なりから察するに、ナルエフ軍のなかでもかなり高位の将校だろうと思った。

「ほら、生きていただろう。約束どおり、さっさと俺を解放してくれ」

その声でようやくオディーリアはレナートから視線を外し、周囲の様子をうかがった。この天幕にいるのはレナートと彼を守る護衛兵、そして……。

（イリム……）

戦場にいる軍人とは思えぬ青白い肌に本人ご自慢の長い髪。蛇を思わせる冷たい瞳は落ち着きなく宙をさまよっている。

オディーリアの婚約者は、手足を縛られた状態で拘束されていた。レナートの護衛兵は腰の短剣に手をかけた状態で抜かりなくイリムにも目を光らせている。

おそらく、イリムは戦いの最中にナルエフ兵につかまり捕虜になったのだろう。いつも本陣の奥に引っ込んでいて、リスクを取らない彼には珍しい失態だ。

「早くしてくれ！」

馬鹿のひとつ覚えのように解放しろとわめき散らすイリムとは対照的に、レナートはゆったりとした動作で立ちあがり、椅子に腰かけ長い脚を組んだ。

黄金の瞳が、じっとオディーリアを見据える。

「……なるほどね、たしかにめったにお目にかかれない美女だ。いいのか、お前の婚約者なのだろう」

後半の台詞は、ちらりと横目でイリムを見ながら言った。イリムは待ってましたとばかりに、コクコクと何度もうなずく。

「あぁ。助けてくれるなら、こんな女はいくらでもくれてやる！　だから早く俺を助けてくれっ」

なるほど、自分はイリムに売られたのか。

オディーリアはまるで他人事のような冷静さで、自身のおかれた状況を理解した。特段のショックは受けていない。イリムの側近たちの言葉から薄々勘づいていたのもあるが、そもそもオディーリアとイリムの間には、壊れてショックを受けるほどの信頼関係はない。

オディーリアが王太子イリムの婚約者となったのは三年前のことだ。

その類まれな美貌と聖女のなかでもとくに優秀な治癒能力を持つことから、家柄のいいほかの聖女たちを押しのけ、聖教会の推薦で決まったことだった。大変に名誉なことらしいが、はっきり言えば大迷惑だった。が、断る権利はもちろん与えられなかった。

以来、オディーリアはイリムの出る戦には必ず従軍し、彼の軍を助けてきた。イリムは自分を便利な武器だと思っているだけで、そこに愛はない。

それでも、オディーリアはこのナルエフとの戦いが終われば彼の正式な妻、王太子妃になるつもりでいた。強い地位を手に入れれば、聖女としてもっと多くの人を救うことができる。そう考えれば、この結婚にも意味があると思えた。

けれど、その未来は変わるのかもしれない。

「少し出ていてくれないか。彼らと内々に話をしたいんだ」

レナートは兵に声をかけ、彼らを外に出した。護衛と離れても問題ないと思える程度には腕に自信があるのだろう。

（つまりイリムは自分の代わりに私を……と主張してるのよね。けれど、それは私たちの価値が等しくないと成り立たない）

ナルエフ軍の将校、レナートがそれを理解できない阿呆とは思えない。普通に考えれば、この場でふたりとも首を切られて終わりじゃないだろうか。

オディーリアはイリムに同情めいた視線を送った。

だが、彼のほうは落ち着き払った様子のオディーリアに責められていると感じたらしい。

「なんだよ、その目は。王太子の命を救えるんだ。聖女としてこれ以上の誉れはないだろう。お前の代わりの聖女はいても、俺の代わりはいないんだぞ」

そのとおりだと思ったから、言い返さなかった。それだけなのに、またイリムの機嫌を損ねてしまったらしい。どうにも自分たちは相性が悪い。

「だいたいなぁ、俺はお前みたいな愛想のない女は大嫌いだったんだよ」

これにはなにか答えるべきだろうか。オディーリアは悩んだが、ありがたいことにレナートが会話を打ち切ってくれた。

「もういい。交渉は成立だ」

レナートは短く言って、立ちあがる。外で待機していた護衛兵を呼び戻し、指示を出した。

「そこに待たせてる仲間に引き渡してやれ。伝統ある大国ロンバルの王太子さまだ、丁重に扱えよ」

めでたく解放されたイリムは、オディーリアを振り返ることもなく嬉々として天幕を出ていった。

レナートがまた人払いをして、ふたりきりになった。

腕を組んで仁王立ちしている彼が、床に転がったままのオディーリアを見おろす。

「あまりいい男の趣味じゃないな」

(私が選んだわけではないし……)

頭の片隅にそんな反論が浮かんだが、目の前の男にはなんの関係もない話だ。

レナートはオディーリアに近づき、その身体を抱えた。自身の寝床と思われる場所に運び、水を差し出す。

「飲めるか？」

捕虜への態度としてはずいぶん優しい。なにか裏があるのでは?とも思ったが、水はありがたかった。礼を言って受け取ろうとしたが、やはり声が出ない。

「喉がどうかしたのか?」

レナートは背をさすり、ゆっくりと水を飲ませてくれた。渇いた喉を潤し、深呼吸をすると自分が捧げた治癒の力が作用しはじめるのを感じた。

白い声が効果を発揮する速度には個人差がある。重症度によっても変わってくるのだ。

(よかった。これでなんとか……)

「あ、うぅ」

かろうじて声は出た。治癒能力のおかげだろう。

だが……その声は老婆のようにしゃがれていて、もとのオディーリアの清らかな声とはまるで別物だった。これではもう歌えない。言葉は取り戻せたが、白い声までは無理だったようだ。

「喉が痛むのか」

「いえ、痛いわけでは」

オディーリアには奇妙な声に聞こえるが、もとを知らないレナートからするとそう違和感はないのだろう。

「ちゃんと話せるじゃないか。ひと言も発さないから、しゃべれないのかと思ったぞ」

この大陸で暮らす人間の言語体系は大きくは違わない。それぞれの国ごとに訛りはあるが、意志疎通は十分にできる。

レナートはイリムが出ていった天幕の出入口に視線を向けながら聞く。

「あの男になにか言うことはなかったのか？」

オディーリアが答えないでいると、彼は続けた。

「言っておくが、この胸くそ悪い交渉は俺が持ちかけたわけじゃないぞ」

「はぁ。では、彼の提案で？」

オディーリアが問うと、レナートは苦笑して目を伏せた。

「そうだ。とは……言わないほうがよいか？」

「いえ、別に。お気遣いなく……」

イリムがどう話したのかは知らないが、うまくやったものだとオディーリアは感心していた。聖女ひとりの命と王太子の命を交換する交渉に成功したのだ。上出来だろう。

むしろ気になるのは……イリムよりよほど頭の回りそうなこの男が、なぜそんな利のない交渉に応じたのかということだった。

「いいのですか？　彼は一応、ロンバル軍の指揮官のひとりですが」

思わず尋ねたオディーリアに彼はあっさりとうなずいた。

「あいつをとらえたのはちょっとした偶然で、まぁ問題ないだろう。大局に影響を及ぼすほどの将校には見えないしな。護衛兵にはあいつのこともお前のことも特定の人間以外には口外するなと頼んだから、ここであったことが広まる心配はない」

レナートは唇の端だけで薄く笑った。

「あれはおもしろい男だな。類まれな美貌とものすごい魔力を持つ女がいるから自分と交換しろと言ってきた。あげく、自身の身柄の解放に加えて、金三万デルも追加で要求してきたぞ」

オディーリアはあきれてしまった。金三万デルは、オディーリアの生まれた村では一年働いても稼げない大金だが、王太子であるイリムが執着するほどの額ではない。金に困ったことなどないくせに、なぜそんなにセコいのか。

「まさか、払ったのですか？」

「払った」

レナートは小気味よくうなずいた。

（もう白い声は使えないのに……）

今の話によると、オディーリアに毒を飲ませたことはイリムの側近の判断だったのだろう。

イリムのセコさも理解できないが、レナートの思惑もオディーリアにはさっぱりわからなかった。そんなオディーリアに解説するようにレナートはゆっくりと話す。

「つまり、あいつは王太子である自分よりお前のほうが三万デルぶんも価値が高いと思っているわけだろう」

「たしかに。そういうことになりますね」

彼の言い分はそのとおりだが、おそらくイリムはそこまで考えてはいない。〝もらえたら儲けもの〟くらいの浅はかな考えで言っただけだろう。

「俺は美女にも魔力を持つ聖女とやらにも興味はない。そもそも、俺の目にはお前はただの小娘にしか見えないし」

レナートはニヤリとして目を光らせた。

「その小娘より価値の低い男が敵国の次期国王だ。こちらとしては大歓迎で、殺すのはもったいない。すぐに帰国して即位してもらいたいくらいだ」

殺してしまって、有能な新王が誕生したら困るだろう。そう言って彼は笑う。

ロンバルの現国王は賢帝だが、もう高齢だ。そのうえ、あまり子宝には恵まれなかった。彼になにかあれば、唯一の息子であるイリムが玉座に座ることになるだろう。

「だから、お前が美しくなくても、聖女の魔力とやらが紛いものでも別に構わないが――」

レナートはグッと顔を寄せ、まじまじとオディーリアを見つめた。オディーリアも彼を見返す。

（本当に美しい男性だ）

野性と色香の共存する目元、すっきりとした鼻梁に形のよい唇。なによりも、曇りのない陽のエネルギーがオディーリアにはまぶしい。

彼の親指がオディーリアの唇をなぞる。どうしてか、心がぞくりと震えた。

「あの男もおもしろいが、お前もなかなか興味深い。気に入ったから、なにかプレゼントをやろうか」

レナートは腰に携えていた長剣を抜き、床に突き立てた。そして、低い声でささやく。

「――たとえば、あの男の命」

「えっ……」

「今すぐ追いかければ間に合う。あいつを殺してほしいか？」

どこか楽しげな様子でそう提案するレナートに、オディーリアはゆるゆると首を横に振った。

「自分を裏切った男に復讐したいと思わないのか？　慈悲深いんだな」

（慈悲？　イリムへの？）

違うと思った。さらにオディーリアには珍しいことに、それを言葉にして彼に伝えたいと感じた。懸命に言葉を紡ぐ。

「……慈悲ではないです。彼の命を奪うより、あなたが手にしている長剣を美しいままにしておくほうがずっと価値がある。そう思ったので」

彼はほんの一瞬目を見開いたかと思うと、声をあげて笑い出した。

「ははっ。なるほど、同感だ」

彼の笑顔はまぶしすぎる。それなのに、なぜか目をそらすことができなかった。

二　過去

それから、一週間後。

オディーリアはナルエフの王都、アーリエに凱旋するレナートの軍勢に同行させられていた。オディーリアがレナートにとらえられた翌日の夜には、ナルエフ軍の勝利で戦は終結した。その後すぐに戦場を離れたので、軍勢はもうナルエフ領にかなり近いところまで来ている。

「その細腕で軍馬を乗りこなせるとは意外だな」

駿足な自身の愛馬に遅れることなくついてくるオディーリアの騎馬技術に、レナートは舌を巻いた。

「馬に乗れないのに戦場に出てくるほど阿呆ではありません」

こう見えても数多くの戦場を経験している。騎馬の技術など自然と上達した。そもそも、白い声を持つ聖女はロンバルでは兵士と同じ扱いで、必要な訓練は受けている。

「このスピードなら、今夜にはアーリエに到着できるかな。遅れるなよ」

スピードの保持は問題ないけれど……彼はなんのために自分をアーリエに連れてい

くのか。白い声をなくしたことはきちんと伝えたのに。

「あの、何度もお伝えしたとおり、私はもう治癒の魔力を使えない役立たずです」

「魔力などいらん。そんなものに頼らなくても俺の兵は強い」

「では、なんのために私を？」

「俺が譲り受けたのだから、好きにさせろ。魔力などなくてもお前には価値があると思うぞ」

「それは、兵を慰めろ……という意味でしょうか」

ロンバルでは聖教会が禁止しているが、異国にはそういう存在の女性がいるという話を聞いたことがあった。敵国の捕虜になったからには仕方のないことかもしれない。

自身の運命を受け入れようとしたが、レナートはあきれた顔でオディーリアを見た。

「お前……不幸な人生を歩んできただろ？」

「はい？」

「思考回路がネガティブすぎる。そんな目的のために誰が三万デルも払うんだ。もっと有効利用させてもらう」

「有効利用……とは……」

白い声を失った自分に、どんな利用価値があるのだろう。考えてみたが、なにひとつ思いつかない。

「ま、俺は時々味見をするかもしれないが、それは許せ。味見ぶんの金は払ったしな」

(それが私の利用価値？)

「はぁ……ではお好きに……」

レナートは思いきり顔をしかめた。

「冗談だ。なにさらっと受け入れようとしてるんだ、お前は。怒るとか、恥じらうとか、もう少し人間らしい反応をしろ」

「そう言われましても……」

人間らしさを求められたのは初めてなので難しい。そんなオディーリアに彼は優しい笑みを向けた。

自分の十九年の人生が不幸だったのかどうかは正直よくわからない。けど、彼はきっと違うのだろうなと思った。不幸せに生きてきた人間はきっとこんなふうには笑えない。

「ほら、国境が見えてきた。あの川をこえれば、ナルエフ領内だ」

彼の視線を追ってみると、遠くにゆったりと流れる大河が確認できた。

だが、国境のこちらとあちらで景色が一変するわけでもない。初めて目にしたナルエフは、故国ロンバルとそう変わらないように見える。

明確に違うものがあるとすれば、それは……。

「くしゅん」

オディーリアはくしゃみをした。

太陽は厚い雲にその姿を隠され、風は初秋とは思えぬほどひやりとしている。薄着のオディーリアには寒いくらいだ。

すると、レナートは自身の馬を止め、少し遅れてついてきているオディーリアの馬の行く手も遮った。

「なにか？」

オディーリアが聞くと、レナートは自身の上着を脱ぎ、投げてよこした。

「国境をこえたらもっと冷える。着ておけ」

「……どうも」

素直に好意に甘えることにした。どちらかといえば小柄でレナートより二十センチは身長の低いオディーリアには彼の上着はぶかぶかだが、とても暖かい。温暖なロンバルで育ったので、寒いのは苦手だ。

あきらかに異なるもの、それは気温だった。ナルエフ領に近づくにつれ、気温がぐんぐんさがっていくのをオディーリアは文字どおり肌で感じていた。

「ナルエフは冬が長い。土地は痩せているし、晴れの日が少ないから作物が育ちにくい」

「それは困りますね」

暖かな陽光や優しく降り注ぐ雨は天から与えられる最上のギフトだ。実際、温暖な気候と肥沃な大地のおかげでロンバルは長い歴史を築いてこられたのだ。

「まぁ、曇りが多いのも悪いことばかりじゃないがな」

オディーリアは首をかしげた。曇りのメリットがあまり思い浮かばなかったからだ。

(なんだろう……暑くなりすぎないとか？　でも寒い国でそれって、いいことなのかしら)

「たとえば？」

オディーリアが問うと、レナートは自信満々にほほ笑んだ。

「たまの晴れがめちゃくちゃうれしい！」

「……ふっ。ははっ、あはは」

こらえきれず、オディーリアは噴き出してしまった。あんなに得意げな顔をして、まさかこんな回答だとは想定外もいいところだった。

「なんだ、笑えるんじゃないか」

「……ごめんなさい。だって、そんな小さな子どもみたいな……ふふ、おかしい」

声を出して笑ったのは、いつぶりだろう。

イリムは『女は余計な口をきかずに黙っていろ』というのが口癖だったから、オディーリアはいつも唇を固く引き結んでいた。

もっとも、彼と楽しく会話ができる気はしなかったのでありがたくもあったが。

レナートははたと気がついたように尋ねた。

「そういえば、まだお前の名を聞いていなかったな。なんという？」

「オディーリアと申します」

彼はふっと目を細める。

「オディーリア。お前の笑顔はたまの晴れと同じだ」

「え？」

レナートは不思議な発言ばかりする。

「めったに見られないものには、価値があるということだ。さぁ、アーリエまではあと少しだ。急ごう」

そう言い残すと、彼の馬はあっという間にオディーリアを置き去りにした。

「わっ。えっと、待ってください」

オディーリアは慌てて彼の背中を目で追った。彼についていくことになんの意味があるのか、自身にとっていいことなのか、疑問だらけだったけれど……なにかに背を押されたように、オディーリアは馬を走らせた。

国境をこえナルエフ領内に入り、しばらくすると大きな街に着いた。レナートはその街で一度軍勢を止めた。そこで軍をふた手に……といっても、大多数を先に行かせてしまい、レナート自身とオディーリア、そして数名の護衛兵だけが残った。

宿駅で馬を預け、そこからは徒歩になった。

「この街がアーリエですか？」

到着は早くても夕刻だと聞いていたが、まだ日は沈んでいない。

「いや、ラズという街だ。アーリエはもう少し北。今夜はここに宿を取って休もう」

「なにかあったのですか？」

急げば今日中にアーリエに到着できるという話だったのに、なぜ途中で止まるのだろう。

レナートは大きくうなずいた。

「ある。オディーリア、具合が悪くないか？」

「私ですか？」

「朝と比べて騎馬のスピードが落ちた」

「それは、一日中駆けさせていれば馬も疲れるでしょうし……」

「俺の軍の馬はそんなにひ弱じゃない。疲れてるのはお前だ」

言いながら、レナートはコツンと額を合わせた。

「ほら、やっぱり少し熱い」

「そんなこと……」

そう言われてみれば身体が熱い気もするが、触れ合った額から伝わってくる彼の体温のせいにも思える。

ラズの街はにぎやかだった。石造りの家屋や商店が並ぶ光景はロンバルとそう変わらないが、行き交う人々の多さにオディーリアは驚く。ロンバルでは見かけない風貌の者も多い。はるか遠くからやってきた旅人や商人だろうか。

「ラズは交易で発展した街だから異国人も多い」

「なんだか不思議な匂いもします」

かぎなれない異国の香りだ。レナートは露店を視線で示しながら説明する。

「あそこで売られている香辛料の匂いだ。東方の国から海をこえて届けられる」

イリムはナルエフのことを『辺境の民が野蛮な暮らしをしているところ』と嘲笑していたが、この街を見るかぎりでは保守的なロンバルより先進的だと思えた。

「この街は俺にとっては庭のようなものだ。安心していい。護衛の兵も残してるしな」

ラズの街でも一段と立派な宿に彼は部屋を取った。

室内も豪華だ。真紅のビロードばりのソファと天蓋のついた大きなベッド。調度はどれもセンスがよく、高級感があった。

案内をしてくれただけかと思いきや、レナートは自分もスタスタと部屋に入る。ソファに腰かけ、ふぅと息を吐く。

「同じ部屋？」

オディーリアがつぶやくと、レナートは意味ありげな笑みを浮かべた。

「もしかして、味見……するんですか？」

先ほどは冗談だと言っていたが、彼がここに残っているのはそういうことなのだろうか。

別に嫌ではなかった。今のオディーリアは彼の所有物なのだし、なんならイリムよりはマシかもしれないとすら思う。

「どうするかなぁ。してほしいか？」

楽しげに肩を揺らしながら彼は言う。

「別にどちらでも。お好きなように」

オディーリアは正直に答えた。彼の好きにすればいい、本心からそう思っていた。

「では、来い」

ソファに座ったまま、彼は両手を広げた。オディーリアはそろそろと近づく。彼の前で足を止めると、レナートがおもむろに立ちあがった。

長身の彼が、獲物を見つけた獣の目でオディーリアを見おろす。さすがに少し恐怖を感じて、オディーリアはぴくりと身体をこわばらせた。

次の瞬間、レナートはひょいと彼女の身体を抱えあげ肩に担いだ。まるで荷物扱いだ。彼はそのままオディーリアをぽいとベッドに放り投げた。

「寝ろ。なんのために宿を取ったと思ってるんだ？」

どうやら味見のためではなかったようだ。レナートははぁと深いため息を落とした。

「たしかに美しいんだが……お前、ベッドのなかでも冷めた目をしてるタイプだろ」

「どうでしょう？　経験がないのでわかりません」

婚約者といってもイリムとは手をつないだこともなかった。彼にはほかに恋人がいたようだが、興味がなかったので相手の女性のことはなにも知らない。

「今のお前を抱いても、むなしくなりそうで嫌だ」

「むなしいとダメなんですね。では、別に抱いてくださらなくても——」

オディーリアの言葉を遮って、レナートは語気を強めた。

「どうして自分の行動を俺に委ねる？　人形のふりをする必要はない。自分の意思を主張しろ」

「自分の意思？　私にはそんなもの……」

自分には意思と呼べるほどの強い思いなどない。

（あぁ、でも……）

レナートにイリムを殺すかと聞かれたとき、あのときだけは明確に否という意思を持った。彼には長剣が汚れるからと言ったが、本音は違った。

剣ではなく、まぶしいほどの光を放つレナートがイリムごときの血で汚れるのはもったいないと、そう感じたのだ。

「俺は人を見る目には自信があるんだ。お前は綺麗なだけの人形じゃないと思った。だから三万デルも払ったんだ」

レナートはふっと笑って続ける。

「それからな、俺は俺に抱かれたいと思ってる女しか抱かん。だから、そう思ったときにまた誘え」

「……わかりました。そんな日は来ないと思いますが」

真顔で言うオディーリアにレナートは眉根を寄せた。

「かわいくないな。三万デルは払いすぎたかもしれない」

三万デルどころかたとえ一デルだって、払いすぎだ。白い声をなくした自分には価値などないのだから。

オディーリアはそう思ったが、言葉にはしなかった。レナートの言うとおり、ひどく疲れていた。ゆっくりと瞼を閉じれば、意識は身体の奥深くへと沈んでいく。

『これだけあれば一生安泰！　かわいげのない娘と思ってたけど、産んでおいてよかったわ』

『平民が聖女ねぇ。王国の恥だわ』

『王太子さまに声をかけられるなんて……どんな色目を使ったのよ！』

おぼろげな過去の記憶。いつ、誰に言われた台詞だったか……。

＊　＊　＊

（ここが王都、そして聖教会――）

生まれ育った村とは別世界のように華やかなロンバル王国の王都、そして立派な教会施設に七歳のオディーリアは圧倒された。

魔力の発現を認められたオディーリアは村を離れ、今日からここで魔力を鍛えるための教育を受けるのだ。聖教会は宗教機関であると同時に、魔力の使い手を育てる教育機関でもあった。魔力にはいくつか種類があるが、オディーリアがその片鱗を見せた白い声は、使いこなせるようになれば聖女と呼ばれ、人々から尊敬される。

（お父さんもお母さんも、お兄ちゃんたちも喜んでたものね）

実家には聖教会から多額の金が支払われた。オディーリアの家は貧しい村のなかでもとくに貧乏だったから、両親は嬉々として彼女を差し出した。

「寂しくなるな」のひと言もなかったが、自分の愛想のなさを思えば仕方ないことかもしれない。口数が少なく、表情も乏しいオディーリアは『暗い』とよく陰口を叩かれた。

家族といても、同世代の子どもたちといても、孤立しがちだった。

だから、故郷を離れることもそうつらくはなかった。むしろ、ここでなら自分の居場所が見つかるかも……と淡い期待を胸に王都にやってきたのだ。

学校は魔力の種類別にクラス分けがなされた。一番人数が多いのは緑の声の使い手。男女どちらにも発現するからだ。希少なのは火を操ることのできる赤い声。男性にしか発現せず、彼らは国王直属軍のエリート将校への道が約束されている。白い声は女性にしか発現しない。さらに、発現者は貴族の娘が多いので平民であるオディーリアはやや浮いた存在だった。

聖女は後方支援の兵士でもあるので、魔力の訓練以外にも薬草の知識や看護の実技なども学ぶ。訓練は厳しいものだったが、オディーリアの能力は飛躍的に向上した。村にいた頃とは比較にならないほど衣食住が充実していたので、美貌にも磨きがかかった。

だが、嫌われ者はやはりどこに行っても嫌われる運命らしい。

癒やした人々に感謝されることは純粋にうれしくてやる気も湧いたが、がんばるほどに聖女仲間からは疎まれた。というのも、上級貴族の生まれである聖女たちの最終目標は王妃になることだったからだ。

ロンバルでは王族は聖女と結婚するのが望ましいとされていた。聖女の加護が王国を守ってくれるから……という古くからの習わしなのだ。なので、王妃となる聖女の魔力は強いほどよい。保守的で信心深い聖教会の上層部は、有力候補だった貴族の娘たちよりもオディーリアを推しはじめた。そうなると、当然彼女たちからの風当たりは強くなる。

「平民が偉そうに出しゃばって！　立場をわきまえておとなしくしておけないの？」

（そう思うなら、厳しい戦場を私に押しつけるのをやめてくれたらいいのに……）

貴族の娘たちはコネを駆使して、比較的安全な戦場にばかりおもむくのだ。そうすると過酷な前線にはオディーリアのような平民や下級貴族の聖女が派遣される。

そこでオディーリアは傷ついた多くの兵士たちを癒やす。結果、名声は高まるが、ますます聖女仲間に嫌われる――という構図だ。

（だからといって、彼女たちに好かれるために兵を見捨てるわけにもいかないし）

「ちょっと美人だからって調子にのらないでよね！　そんなの、あなたが自力で手に入れたものではないんだから」

（あなたがいつも自慢している貴族の血も自分で手に入れたものではないと思うけど……これは言わないほうがいいことなのよね、多分）

この頃になると、自分の顔立ちが整っているらしいことはオディーリアも自覚していた。でも、自慢に思ったことはない。むしろ邪魔だと感じることのほうが多かった。

こうやって難癖をつけられる原因にしかならないからだ。

「なによ、その目！ すましちゃって、感じ悪い！」

出しゃばるなと言われたから黙っていたのに、黙っていたらいたで怒られる。

（私ってつくづく、人に好かれる才能がないんだわ）

オディーリアは小さく頭をさげた。

「ごめんなさい、今度から気をつけます」

なにをどう気をつければいいのかわからないが、そう答えることでとりあえず場をおさめた。

（誰かに好かれたいとか、そんな希望は捨てよう。才能がないんだから仕方ない。私はきっと白い声を使うためだけに生まれてきたんだ）

白い声で人を癒やすことが自分の存在価値なのだ。

オディーリアはよりいっそう、献身的に戦場で力を発揮した。その結果、正式に王太子イリムの婚約者に選ばれたが、それは彼女にはどうでもいいことだった。

＊　＊　＊

額に温かなものが触れた感触でオディーリアは目を覚ました。

「もう起きたのか？　一時間ほどしか寝てないぞ」

心地よいぬくもりの正体はレナートの大きな手だった。

「えっと……なにを……」

「あぁ、なんかうなされてたから。ナルエフには、こうして手のひらを当てると悪夢を吸い取ることができるという伝承があるんだ」

「悪夢？」

「覚えてないか？」

「夢は、見ていました。ずっと昔の……」

レナートはオディーリアの額の汗を拭ってやりながら、言った。

「そりゃ、あれだな。ホームシックってやつだ。ロンバルに帰りたくなったか？」

オディーリアは少し考えてから、首を左右に振った。

「帰りたいと強く願う場所はありません。普通はもっと故国への思いがあるものなんでしょうけど」

ロンバルが嫌いなわけではない。だが、どうしてもとどまりたいと思うほど、強く引き止めてくれる存在もなかった。

「国に思いがある人間なんかいない。みんな、そこにいる人に思いがあるだけだ。家族は？　あのまぬけな婚約者以外で」

「家族は――」

オディーリアがわずかに表情を曇らせたことに彼は目ざとく気がついた。

「いないのか？」

「いえ、子どもの頃に別れたきりなので」

家族はオディーリアに帰ってきてほしいとは思っていないだろう。

「では誰に育てられたんだ？」

彼に問われ、聖教会での日々を語る。レナートは興味深そうに話を聞いていた。

「なるほど。ロンバルでは魔力を持つ者をそのように組織化しているんだな」

「はい、訓練は大切なんです。力は生まれつきのものですが、その力をどこまで伸ばせるかは努力次第ですから。まぁ、私はもうその力を失ってしまいましたが」

オディーリアは自嘲する。それから、彼に尋ねてみた。

「この国では魔力を持つ人はどんな仕事をするのですか？」

魔力はロンバルだけのものではない。異国にもすごい使い手がいるという話は聞いたことがあった。

「ナルエフは新興国家だ。統一前はいくつもの小国が乱立している時代が長かったんだが……これらの国々は魔力を異端と考えていたんだ。せっかくの能力を活かすどころか忌避されたため、使い手たちはよその地に移っていった」

「そんな歴史があったんですね」

これは初めて聞く話だった。魔力を神の授けたギフトとして崇めるロンバルとは真逆だ。

「今のナルエフは魔力も有意義に使いたいと思っているんだが、民の意識はなかなか変わらない。力を持っていても隠している人間もいるかもな」

彼はいたずらっぽく笑う。

「つまり、ロンバルは魔力をほとんど使わない国に負けてしまったということになるんですね」

魔力を高めることが軍を強くすると教わってきたオディーリアには衝撃的な事実だった。

「ナルエフは魔力に頼らないぶん、普通の人間を強くしてきた。常備軍をおき、大軍を指揮できる将校を育てた。戦術の体系化、武器や防具の強化もな」

かったようだ。

『ナルエフの指揮官は千里眼の魔力を持っているのかも……』

ロンバル兵から聞いた話を思い出す。ナルエフの強さの秘密は、特別な魔力ではな
「なるほど」

レナートとの会話は心地よかった。顔色をうかがう必要のないコミュニケーション
は楽しいものなのだとオディーリアは初めて知った。自分の意思で会話を続けようと
していいるなんて、初めてかもしれない。

（この人は命令ではなく、おしゃべりをしてくれるから——）

「ところで」

「はい？」

レナートはオディーリアの喉にそっと触れた。

「毒を飲まされたと言ってたよな。かすれ声なのはそのせいか？　痛みはないのか？」

オディーリアはハッとしたように口を押さえた。

「すみません、聞き苦しい声で……痛みはないので大丈夫です」

現在のオディーリアの声は醜くしゃがれている。聞くほうもきっと気分が悪いだろ
う。オディーリアはそんなふうに思ったが、レナートは笑って否定する。

「俺は女のキンキンした声が苦手だ。そのくらいがちょうどよい」

薄々気がついていたが、彼はとても善良な人間なのだろう。敵国から連れてきた捕虜など雑に接してもいいはずなのに、彼はオディーリアをひとりの人間として扱う。手を差し伸べ、優しい言葉をかけてくれる。これまで周りにいなかったタイプだから、どう対応していいかわからず戸惑ってしまう。

「そうですか……でも、私は自分の声だけは好きでした」

自分にとって唯一の存在価値であった治癒能力を失ったこともショックではあるが、歌声をなくしてしまったことはそれ以上に悲しかった。

歌はいつもオディーリアのそばにいてくれた。歌だけは、いつでも味方だったから。

レナートは優しい瞳でオディーリアを見つめる。

「きっと綺麗な声だったんだろうな。でも、今の声も色っぽくて悪くないぞ」

くしゃりとレナートはオディーリアの頭を撫でた。

彼はきっとどんな声だったとしても〝悪くない〟と言ってくれるのだろう。

（優しくされるのは、慣れてない……から……）

レナートはオディーリアの手を取り、手のひらを上に向けさせた。

「なくしたものを惜しむより、この手に残っているものを大切にしてやれ」

オディーリアは自分の手をじっと見てつぶやく。

「白い声以外に、なにかあるんでしょうか?」

容姿はよく褒められたが、美貌を武器に成りあがろうという野心も才覚も持ち合わせてはいなかったし、オディーリアにとっては扱いきれない諸刃の剣だった。

「探してみろ。きっと見つかる」

彼の笑顔はやっぱりまぶしすぎて、直視できない。でも、少しだけ勇気を出した。

「あの、ありがとう……ございます」

具合が悪いことに気がつき宿を取ってくれた。こうして看病してくれたことも、白い声をなくした自分を励ましてくれたことも……すべての感謝を、オディーリアはこのひと言に込めた。

レナートはニヤリと笑う。

「抱かれたくなったか?」

「いえ、それは別に。ちっとも」

思いきり顔をしかめたオディーリアにレナートは破顔する。

「ははっ。かわいくないが、少し人間らしくなった」

レナートの明るい笑い声を聞きながら、オディーリアはもう一度眠りについた。

今度は夢も見なかった。悪夢を吸い取るというレナートのまじないがきいたのかもしれない。

よく知らない国、よく知らない男と一緒という状況にもかかわらず、その夜は驚くほどぐっすりと眠れた。

三　新生活

翌朝。

すっかり回復して馬具の手入れをしているオディーリアのもとに、見知らぬひとりの少年が近づいてきた。栗色の巻き毛にクリクリとした大きな瞳。身長はオディーリアより少し高いくらいで、中性的な雰囲気だ。

（天使みたい。誰なんだろう？）

彼はニコニコしながら、オディーリアに声をかけてきた。

「君が例のレナートさまが連れてきた子？　たしかに僕といい勝負の美人さんだぁ。ね、お名前は？」

名乗っていいものか一瞬迷ったけれど、レナートの名を知っているなら彼の関係者なのだろう。

「えっと、オディーリアと申します」

「オディーリア。じゃあオデちゃんだね！」

「オ、オデちゃん？」

人懐っこすぎる少年にオディーリアはやや面食らった。

「うん。オディーリアって長くて呼びにくくない？」

「えっと……そんなこと思ったことも言われたこともないですが」

「そうお？　でも僕は思ったから、オデちゃんって呼ぶね」

（そもそも、誰なの⁉）

「マイト！　そいつのコミュニケーション能力は子ども以下だ。そんないきなり距離を詰めるな」

レナートの声だ。ようやく助け船が出されたらしい。子ども以下とは失礼な発言だが、実際そのとおりなので言い返せない。レナートはマイトと呼ばれた少年を、あらためてオディーリアに紹介してくれる。

「マイトは俺が率いる軍の第一隊の隊長で、付き合いも長い。まぁ弟みたいなもんだな。いつもは一緒に動くんだが、今回は別動隊の指揮を頼んであった。先にアーリエに戻っていると思ったのに、どうしてここにいるんだ？」

後半の台詞はマイトに向けたものだ。

「アーリエで待ってたけど、戻ってきた軍に肝心のレナートさまがいないんだもん。しかも、護衛兵のひとりから『レナートさまが絶世の美女を連れ帰る』なんてワクワクする報告を受けたから待ちきれなくて！　迎えに来ちゃいました」

オディーリアの素性は『特定の人間以外には口外しない』とレナートは言っていた。

マイトは、レナートが信頼する〝特定の人間〟のひとりなのだろう。

「具合が悪くなったんだって？　もう平気？」

「あっ、はい。ご迷惑をおかけして申し訳ありませんでした」

初めて会ったとは思えない親しげな様子でマイトはオディーリアの顔をのぞく。

レナートの戻りが遅くなったことでなにか不都合が生じているのかもしれない。そう考えたオディーリアは彼に深々と頭をさげた。

マイトはオディーリアの手をギュッと握る。

「ぜんっぜん、迷惑なんかじゃないよ！　ねぇねぇ、その他人行儀な敬語やめてよ」

「そう言われましても、紛うことなき他人ですし……」

「オデちゃん、おとなしそうな顔して意外と辛口だな～」

レナートとはまた違うタイプだが、彼もオディーリアの周囲にはいなかった人種だ。

（対処法がわからない……）

「本当に隊長なんですか？」

失礼を承知で尋ねてみた。まだ子どもにしか見えないのに、隊長とはどういうことなのだろうか。レナートはおかしそうに笑って解説する。

「童顔だけど、マイトは俺の四つ下。もう子どもでもないぞ」

レナートは二十三歳だと聞いた。つまり——。

「私と同じ年⁉」

「あ、オデちゃんも十九歳？　じゃ、なおさら敬語はやめようよ」

「……三つは年下かと」

オディーリアが呆然としていると、レナートが補足する。

「外見に騙されるなよ。マイトの剣は本物だ。アーリエに着いたら、見せてもらえ」

「んじゃ、レナートさまが相手してくれます？」

「いいな、久しぶりにやるか」

レナートとマイトは本当に兄弟のように仲がいい。ふたりが同時にオディーリアに手を差し出した。

「行くぞ、オディーリア」

「早くアーリエに帰ろっ」

ラズの街からアーリエまではあっという間だった。

アーリエは重厚で要塞のような雰囲気を持つ都だ。高さのそろった建物が整然と並んでいる。にぎやかで雑多なラズの街とも違うし、故国ロンバルの王都とも空気が異なる。

「どこへ向かうのですか？」

「俺の城。あの丘の上だ」

彼の視線の先に小高い丘と城壁らしきものが確認できた。

ナルエフは軍事国家だ。おそらく、この国の将軍の地位はロンバルでのそれより高いのだろう。

そんな予想はしていたが、実際に目にしたレナートの城の大きさにオディーリアは言葉を失った。強固な城壁の前には護衛兵が並ぶ。

「ま、とりあえず入れ」

「おじゃまします」

難攻不落の軍事拠点。そんな無骨な外観とは裏腹に、なかは華やかで快適そうな居住スペースが広がっていた。高価な絵画にふかふかの絨毯。物語に出てくる宮殿のようだ。

使用人の人数もすごく多い。みんな、なにか言いたげな目でオディーリアを見ている。

（「なんだこの女」って、思われてるんだろうな）

まぁ、嫌われるのは慣れっこだ。

「悪いな。この城に女を連れてきたのは初めてだから、みんな驚いてるんだ」

レナートが言うと、マイトが補足して説明してくれる。

「レナートさまの身分なら、奥さんが七、八人はいてもいいんだけどね。まだひとりもいないんだ」

妻が七、八人というところにオディーリアは衝撃を受けたが、マイトの説明によるとナルエフは一夫多妻制で、身分の高い男は複数の妻を持つのだそうだ。

「ロンバルは王さまも奥さんはひとりだけなんでしょ？　僕からしたら、そっちのほうが驚きだけどな」

「はい。もちろん権力者には愛人がいたりしますが、彼女たちに地位の保証はありません」

「つまり、愛がなくなったら放り出されちゃうんだね！　それはそれで大変だなぁ」

マイトはなぜか愛人側に立ち彼女らの境遇に同情している。

「ロンバルの民と我々とでは、民族的なルーツが異なるからな。文化の違いはいろいろあるだろう」

外見はさほど変わらないし、言葉も通じるが、やはりここは異国なのだなとオディーリアはあらためて実感した。

「なぜ妻を娶っていないんですか？」

レナートに聞いてみた。

彼の年齢、二十三歳はロンバルの男性ならちょうど結婚適齢期に当たる。

「それはもちろん、僕が好きだから！　ですよね？」

マイトはにんまりと笑って、レナートの顔をのぞき込む。そんな彼にレナートもほほ笑みを返す。

「そ、そうでしたか。えーっと、無粋なことを聞いてしまって……」

ちょっと驚いた。すごく仲がよいなとは思っていたが、そういう関係だったとは……。

「あはは。オデちゃん、本気にした？」

「へ？」

「冗談だよ！　僕は女の子がなによりも大好きだしね」

「はぁ……」

なんの意味がある冗談なのか、マイトの言動はオディーリアには理解できない。

「レナートさまは戦に明け暮れてて婚期を逃しそうってだけだよ」

「それに、妻を選ぶのは死ぬほど面倒くさい。しがらみが多すぎる」

レナートは渋い顔でぼやいた。本気でそう思っているのだろう。

「そうやって放置してるから、僕との仲を疑われたりするんですよ」

「けど実際、よく知らない貴族の女なんかよりマイトのほうがかわいいし、大事だしなぁ」

レナートはそう言って、マイトの頭をポンポンと叩く。

「でも、こうしてオデちゃんが来てくれたからもう安心ですね」

（私？）

オディーリアは小首をかしげた。

レナートは満足そうに何度もうなずく。

「そう、こいつは逸材だ。俺が城に迎えるのはこのレベルの女だって公言しとけば、面倒な縁談もこなくなるだろ」

「ナルエフ広しといえども、オデちゃん以上の美女はそうそういないでしょうしね」

「あぁ。ロンバルの王太子に感謝しないとな」

（なんの話をしているのかしら。この人の妻選びと私になんの関係が？）

レナートはオディーリアに向き直ると、端的に言った。

「妻になってくれ」

彼の言葉が理解できず、オディーリアはキョトンとしてしまう。

「妻とはいったい……」

なんだか頭痛がする。耳も遠くなったのだろうか。

「奥さん。結婚相手。オディーリアを俺の妻にしたいと言っている」

「はぁ⁉」

オディーリアらしからぬ大きな声が出た。

「そんなおおげさに考えることじゃない。一応ひとりは妻を迎えたってことで、話を合わせてくれればそれで十分だ」

レナートは平然としている。一夫多妻の国だと結婚はこんなにもカジュアルに語られる出来事になるのだろうか。

「理解が追いつきません……」

正直に答えると彼は「ははっ」と笑い声をあげた。

「お好きにどうぞと言われると思っていたのに、人間らしくなってるな。いい傾向だ」

レナートはオディーリアの顎を持ちあげ、顔を近づけた。

「だが、これは俺も譲る気はない。俺の妻になれ、オディーリア」

艶のある低音でささやかれ、心臓が小さく跳ねた。

頬も……熱い気がする。胸がそわそわするような、これまで知らなかった感情の揺れに戸惑いを隠せない。

「そんなこと、急に言われても」

そこにコツコツという靴音を響かせ、奥からひとりの青年がやってきた。

「おぉ、ハッシュ」

レナートが青年に向かって片手をあげた。

「おかえりなさいませ、殿下。ご無事のお戻りなによりです」

(殿下？)

オディーリアはその呼び名に違和感を覚えたが、今は黙ってふたりのやり取りを見守った。

男はレナートの前で恭しく頭を垂れた。

怜悧な顔立ちに銀縁の眼鏡がよく似合う。長い黒髪は後ろでひとつに束ねていた。

レナートと同じ年頃か少し上くらいだろう。

彼はちらりとオディーリアを一瞥する。あまり感じのよくない視線だった。

「先に戻った者から殿下が女性を連れてくるとうかがってはおりましたが……彼女が？」

「そうだ。名はオディーリア。ここだけの話だが、ロンバルの王太子から譲り受けた女性だ。丁重に扱えよ」

自分はイリムに売り飛ばされたのだ。

（譲り受けた、じゃ説明としては間違えているような……）

はなはだ疑問だが口を挟める空気ではない。ハッシュと呼ばれたこの男は、オディーリアへの敵意をむき出しにしている。

「まぁ、百歩譲って側妃のひとりとしてなら」

正妃としては絶対に認めないという彼の心の声が、聞こえた気がした。

（別に正妃にも側妃にもならないし、認めてもらわなくて構わないけど……それより……）

オディーリアはようやく気になっていた疑問を口にする。

「あの、殿下とは？」

将軍の敬称なら閣下じゃないのだろうか。これも文化の違いだろうか。

オディーリアの問いかけに、マイトが「そうかぁ！」と手を打った。

「一緒にいた軍のみんなはレナートさまを将軍と呼ぶもんね！　でも、レナートさまはナルエフの王子だから殿下も間違いじゃないよ」

「王子……さま……？」

妻になれだの、王子だの、次々にいろいろなことを言われて、とてもついていけない。

「驚いたか？」

ぽかんと口を開けているオディーリアに、レナートはフフンと鼻を高くした。

「はい……ぜんっぜん、そんなふうには見えなかったので」

自慢げだった彼の顔がはたと真顔に変わる。

「お前は……おとなしそうな顔をしてるくせに、ほんとかわいくないな」

「おもしろいよね、オデちゃん。僕は好きだよ！」

マイトはニコニコしながら、オディーリアに腕を絡めた。

「マイト。形だけとはいえ、殿下の妃だ。無礼なマネは控えろ」

「え〜。ハッシュのその物言いのほうが、よっぽど無礼ってもんじゃない？」

ハッシュとマイトは仲がいいのか、悪いのか、延々と言い合いをしている。

レナートはオディーリアを見て、クスリと自嘲的な笑みを浮かべた。

「ま、たしかにな。我が国には俺を含めて七人も王子がいるんだ。だから、自慢するほど貴重な存在でもない」

オディーリアはレナートをじっと見つめ、口を開いた。

「褒め言葉……のつもりでした。あなたのその手は、きちんと毎日鍛錬をしている者の手です。生粋の軍人なのだろうと思っていました」

レナートの手には、剣を握る者特有のマメがいくつもある。イリムの白くスベスベした手とは全然違う。

イリムは目立ちたがり屋だから戦には出たがったが、指揮官とは名ばかりで、いつも後方に陣を取り護衛兵にぐるりと周りを守らせていた。

剣の鍛錬どころか、手入れすら人任せだった。

オディーリアの胸のうちを見透かしたように、レナートは「あぁ」とつぶやいた。

「お前の元婚約者とは違うという意味か。それなら、うれしい褒め言葉だな」

「はい」

「だがな、オディーリア」

レナートは彼女の腰に手を回し、身体を寄せた。

「褒め言葉ってのは、もっとわかりやすく伝えるもんだ。強くてかっこいい！とかな。ほら、言ってみろ」

「別に……かっこいいとは思っていません」

「とことん素直じゃないな」

こんなふうにして、オディーリアの新しい暮らしは幕を開けたのだった。

四　友達

レナートの城で暮らしはじめて一週間が過ぎた。

彼はナルエフ王国軍の将軍だが、この城の南側、ラズの街があるほうに広がる地を治める領主でもある。ナルエフでは国王直轄の領土を王子たちがそれぞれ治めているそうだ。話を聞くかぎりでは国王の領土はかなり大きく、ロンバルよりずっと王の権限が強大だ。

そんな多忙そうな彼とは対照的に、オディーリアは早くも退屈していた。自室として与えられた部屋の、美しい天井絵画を眺めるくらいしかすることがないのだ。

(妻といっても形だけで仕事があるわけじゃないし……使用人として使ってもらえないかしら)

白い声をなくしてしまったから大きな貢献はできないけれど、オディーリアは平民の生まれだ。炊事や掃除、馬の世話などの雑務はこなせる。

そんなことを考えていると、タイミングよく部屋の扉がノックされ、レナートが現れた。

「レナート……殿下？」

彼をなんと呼んだらいいのか、いまだにわからない。レナートは、ククッと腹を抱えて笑いながらオディーリアのそばまでやってきた。

「レナートでいい。——俺たちは新婚夫婦なんだしな」

からかうような口調で言って、彼はオディーリアを見る。その瞳はいたずらっぽく輝いていた。彼のこういう冗談は反応に困ってしまう。

そっぽを向いた彼女の頭を、レナートはポンポンと優しく叩いた。

「この城にはお前と同じ年頃の女性がいないから、つまらないだろう。話し相手兼世話係として新しい女性に来てもらうことにしたから」

「えっ？」

オディーリアはくるりとレナートを振り返る。自分の世話しかすることがなくて退屈しきっているのに、それさえ奪われたらますます暇になるではないか。

「あの、必要ないです。私は高貴な生まれでもなんでもないので、自分の世話は自分でします。むしろ……城内の掃除とか、なにか仕事をもらいたいくらいです」

レナートは腕を組み、うーんと首をひねった。

「そう言われても、もう連れてきちゃったしなぁ。な、クロエ」

レナートが呼ぶと、部屋の扉からひょっこりと女の子が顔をのぞかせた。

艶のある黒髪が美しく、やや切れ長の目に品のいい口元。

快活そうな印象の娘だった。

（なんとなく誰かに似ている気が……）

オディーリアの予想は当たっていた。

「ハッシュの妹のクロエだ。顔はよく似てるが、中身はちっとも似てないから心配するな。お前と同じ十九歳だし、きっと気が合うだろう」

レナートが紹介すると、クロエはぺこりと頭をさげた。

「クロエです！　よろしくね、オデちゃん」

「オ、オデちゃん……」

「マイトがそう呼べって言ってたから。あ、もしかして奥方さまとかって呼ばれたかった？」

（本当だ。性格はハッシュとは似てない）

むしろ生真面目な彼とは正反対のタイプのようだ。

「どうする？　奥方さまでいく？」

キラキラした瞳で見つめられ、オディーリアはがくりと脱力する。

「オデちゃんでいいです……」

「了解！　私のことはクロエって呼んでね」

（あ、そこはクロちゃんじゃないのね……）

オディーリアの心の声には気づかず、クロエはがんがん距離を詰めてくる。オディーリアの髪やら肌やらをペタペタと触りまくりながら、彼女は叫んだ。

「うわさどおり、本当に美人だわ！　なんで形だけの妻なの？　もしかして、レナートさまって本気でマイトと……まぁ、お似合いではあるけどさぁ」

レナートもクロエにはかなわないらしい。黙って苦笑しているだけだ。

「はっ！　マイトはカモフラージュで本命はうちのお兄ちゃんって可能性も……いやいや、それはないか。我が兄ながら、つまらない男だもんな～」

よくそんなに言葉が出てくるなと感心するほど、クロエは口が達者だった。

呆気に取られているオディーリアにレナートがささやく。

「にぎやかな娘だから退屈はしないだろ。お前の仕事は……考えておくが、まずはここでの暮らしにゆっくりなじんでくれ」

なじむ必要があるのだろうか。自分はいつまでこの城で暮らすのか。

（――まったく先が見えない）

白い声があれば、また違ったかもしれない。この国でも傷ついた人を助けることができた。どこの国の人間であろうと、オディーリアは助けられる人間は助けたいと思う。だけど、その道は閉ざされてしまったのだ。

『探してみろ。きっと見つかる』

いつかのレナートの台詞が耳に蘇る。

（白い声以外の私の価値。そんなの、本当にあるのかな？）

レナートも彼の周囲の人間も、みんな優しい。だからこそ、役立たずな自分がみじめになる。

それから数日後。オディーリアは〝大切な相談〟をクロエに持ちかけた。

「え？　仕事？」

姿勢を正して話を聞いてくれていたクロエは拍子抜けとばかりに表情を緩める。

「はい。なにか手伝えることはありませんか？　掃除でも料理でもなんでもするので」

オディーリアは至って大真面目だ。これは今の自分にとって最重要な悩みごとなのだ。

「え～。偉い人の側妃ってのは、綺麗に着飾って寵を争うのがお仕事でしょ。ライバルの寝室に毒蛇を仕込んだり、跡継ぎとなる子どもの暗殺をくわだてたりさ。あ、下働きの美青年との秘められた恋とかもあると盛りあがるよね！　そういうの大好き！」

いったい、どこから得た知識なのだろうか。クロエの趣味はよくわからないとオディーリアは肩を落とした。

「毒蛇を仕込むライバルも暗殺対象の子どもも、この城にはいませんが……」

「うん。たしかにそうね。じゃあ、オデちゃんが退屈しないよう、ほかにもたくさん妻を迎えるようレナートさまに頼もうか？　オデちゃんなら、どんな女が来ても負けないよ！」

「いえ……寵を争いたいわけではないので……」

「え、なんでよ？　私がオデちゃんくらい美人だったら、バリバリ争うけどな～。気分よさそうだもん！」

彼女はハッシュではなくマイトと血がつながっているのではないだろうか。いまいち話の通じないところが、ふたりはよく似ている。

「ていうか、オデちゃん！」

クロエはガシッとオディーリアの腕をつかんだ。

「は、はい?」

「その敬語やめてよ! ここではオデちゃんが主人で、私は侍女なんだからさ。どう考えてもおかしいでしょ?」

「では、お互いに敬語を使えばいいのでは?」

そもそもクロエが自分を主人だと思っているようにはまったく見えない。

(初対面からいきなりオデちゃんだったし……毒蛇を仕込むようすすめられるし)

「え~それはダメよ! 私はオデちゃんと友達になりたいもの。レナートさまもそれでいいと言ってくれたし」

クロエは口をとがらせた。オディーリアは困ったように眉尻をさげる。

「申し訳ありませんが……それは多分無理です。私には友達なんていたことありませんし、そもそも人に好かれる人間ではないので」

クロエはキョトンとした顔でオディーリアを見返す。

「えっ……私はオデちゃん大好きよ? かわいいから眺めてるだけでも飽きないし、発言がおもしろくて楽しいし」

「好き? 私を?」

(私を好きになる人がこの世に存在するの?)

オディーリアにとってはそのくらい、まれなことに思えた。

「うん！　ていうか、私の前にまずレナートさまに好かれてるじゃない」

「あの人が……？」

クロエと自分は思考回路がまったく異なるようだ。どうしてその結論に至るのかさっぱり理解できない。

「うん。好きでもない女性をわざわざ城に迎えたりしないよ。レナートさま、選び放題な立場だもの」

「そういうもの……でしょうか」

「うん。レナートさまはオデちゃんが好き！　で、私たちはお友達！　オーケー？」

「は、はい」

クロエの勢いに押されて、ついうなずいてしまったが……友人とはこんな簡単なノリで作れてしまうものなのだろうか。

友人……ずっと憧れていた響きだ。

（う、うれしい……かもしれない）

礼を言わなくてはならないだろう。彼女にとっては半分仕事とはいえ、嫌われ者の自分なんかと友人になってくれたのだから。

「あの、クロエさん！」

オディーリアは勇気を振り絞った。

「クロエって呼んで！　お友達でしょ、オデちゃん」

クロエはにんまりと笑う。

「……クロエ」

オディーリアの声は消え入りそうに小さい。

「なぁに？」

「あの、ありがとう。友達になってくれて……」

「こちらこそ！」


その夜、レナートがオディーリアの部屋を訪ねてきた。彼はよく、ふらりと気ままに顔を見せに来るのだ。

「どうだ？　クロエとは仲良くなれたか」

「お友達に……なりました」

平静を装っても、無意識に頬が緩む。観察眼の鋭いレナートはすぐにそれを見抜いて、笑みをこぼした。

「そりゃ、よかったな」

「そういえば……レナートは私のことが好きなんですね」

レナートは驚愕して口をあんぐりと開けた。

「いったい、どうした？　超がつくネガティブ娘だったくせに」

「クロエがそう言ったので……彼女が言うならそうなのだろうと思って」

友達の意見は信じるべきだと考えたのだ。

「すっかりクロエに手懐けられたな。ていうか、なんで俺よりもクロエに懐くんだ？」

レナートは不満げな顔でぼやく。が、オディーリアのうれしそうな顔を見て「まぁ、いいか」と笑った。


「うわっ、このお茶すっごくおいしい～」

「そりゃそうよ！　希少な舶来品だもの。お兄ちゃんの執務室をあさってみたら、高級品があれこれいっぱい放置されててね、もったいないから勝手に持ち出してきた」

「あーあ。この優雅な生活がうらやましいよ！　それに比べて、僕は朝っぱらから、男・男・男に囲まれて剣を振り回してさぁ」

クロエとマイトは息もぴったりに、延々とマシンガントークを繰り広げている。

今日は曇りの多いナルエフには珍しい晴天の日で、オディーリアとクロエは中庭で午後のティータイムを楽しむことにしたのだ。陽光のおかげで、いつもより暖かく感じられた。

そこに稽古終わりでたまたま通りかかったマイトが参戦してきた形なのだが、もはやオディーリアはすっかり蚊帳の外におかれていた。ふたりの会話のペースにはとてもついていけない。

「マイトも側妃になれば？　レナートさまなら許可してくれそう」

「それもいいなぁ。でも、僕こう見えても女好きだしねぇ」

「それは知ってる。ねぇ、マイト。うちのお兄ちゃんに女遊びを教えてあげてよ！あの人、いい年して実は童――」

オディーリアはスゥと息を吸うと、意を決してふたりの会話に割って入る。

「あ、あの！」

ふたりが同時にオディーリアを振り返る。

「どうしたのさ、オデちゃん。声、裏返ってるけど」

「毛虫でも出たの？」

「そうじゃなくて、そろそろ本題に……」

今日のティータイムの本題はオディーリアの悩み相談だったはずなのだ。いつの間にか話題がどんどんそれていき、なぜかハッシュの女性問題に行き着いてしまった。

「あ、そうだったね。お茶とおやつがおいしすぎてすっかり忘れてた」

「なんだっけ？　側妃から正妃に成りあがる方法についてだっけ？　そりゃ、うちのお兄ちゃんの弱みでも握らないかぎりは難しいと思うわ」

「違います！」

オディーリアは声を大にして叫ぶ。途中参加のマイトはともかく、クロエはいったいなにを聞いていたのだろうか。

「側妃としてすべきことを教えてほしい、です！」

オディーリアなりに一生懸命考えたのだ。好きでここに来たわけではないが、かといってほかに行くあてもない。そもそもレナートに買われた以上、彼がここにいろと言うならいるしかない。

白い声をなくした役立たずの自分でも、できることを探すのだ。なにか見つけられれば、この居心地の悪さも薄らぐかもしれない。

「側妃としてって……ならやっぱりアレ……じゃないの？」

マイトはためらいがちに、言葉をにごした。

オディーリアはズイッと身を乗り出す。

「アレとは？」

「だから～夜の充実っていうか」

マイトに代わって、クロエがオディーリアに向き直りずばりと言い切った。

「もちろん、テクを磨いて床上手になることよ！　そんで、子どもを五、六人産んで
あげれば完璧じゃない？」

「もうっ、クロエは恥じらいがないなぁ。せっかく僕がオブラートに包んだのに」

「オブラートっておいしくないし、邪魔なだけじゃない！　それに、オデちゃんはず
ばり言わないと気づかないタイプよ」

たしかにクロエのおかげで、オディーリアもふたりのアドバイスの意味は理解した。

だが……それは実現不可能であろう。

「それは無理だから」

「え～。なんでよ？　テクニック向上は努力次第って聞いたわよ」

どこで聞きかじったのかもわからぬ知識を、クロエは得意げに語る。

「だって……私とは嫌だと言ってた。むなしいと」

オディーリアは苦笑しながら、答える。

彼は自分を好きな女性しか相手にしないと言っていた。いわゆる色恋的な感情を理解できない自分は、彼の好みの範疇から外れている。

これまでオディーリアは男性に特別な感情を抱いたことはないし、これから先もきっとないだろうと思っている。

「じゃあ、難しいこと考えずにレナートさまが喜ぶことをしてあげたらどうかな？」

マイトはニコニコしながらオディーリアに提案する。

「喜ぶこと？」

（なにをしたら、あの人は喜ぶんだろう）

オディーリアの脳裏にレナートの笑顔が浮かんだ。彼はどんなときに笑ってくれたのだったか。

「だから、それがテクを磨くことなんじゃ」

「もうっ！　クロエはちょっとそこから離れて」

クロエの口をマイトの両手が塞ぐ。

「レナートさまの好きなものはね、剣と馬とお肉と……あと僕と！　ほかにもあるかな？」

マイトの手を振り払って、クロエが答える。

「絵とか歌とか芸術的なものも意外と好きよね！　さすがは王子さまってとこかしら」

剣、馬、お肉、絵、そして歌……。

クロエの口から『歌』という言葉が出た瞬間、オディーリアの胸はチクリと痛んだ。

（もし、今も歌えたなら……喜ばせることができたかもしれないのに）

五　妻の務め

「くぁ～」

レナートは書類仕事の手を止め、大きなあくびとともに伸びをした。すっかり夜が深まり、普段から夜ふかし気味のレナートの瞼もさすがに重くなってきていた。

「寝るか」

わずかに残っている書類から目を背け、つぶやいた。キリのいいところまで……そう思っていると、いつまで経っても終わらない。仕事とはそんなものだ。

ガウンを脱ぎ捨て、広々としたベッドに身体を沈めた。

静かな部屋にひとりでいると、いつも以上に感覚が研ぎ澄まされる。部屋の前の廊下に誰かがいる。その気配を察して、レナートは素早く身体を起こした。

おそらくその人物は、扉の前にじっととどまっている。

「誰だ？」

レナートは短く呼びかけた。城の警備は信頼のおける兵たちに任せているから、おかしな者が侵入することはないだろう。だが、目的のわからぬ訪問者は不気味だ。

のだろう。

「えっ……あっ……」

細く、かすれた声だった。ノックもしないうちから声をかけられ、逆に驚いている
「なんだ、オディーリアか」

レナートは安心して扉を開けた。夜着姿の彼女が落ち着かない様子でそこに立っていた。

「寒いだろう、入れ」

ナルエフは冬が長い。短い夏が終わると急激に冷え込むのだ。冬に向かう今の時期は、もう朝晩はかなり気温がさがる。

オディーリアをソファに座らせ、尋ねた。

「なにか飲むか？」

彼女はふるふると首を横に振った。オディーリアは無表情なほうだが……そのなかの微妙な変化を、レナートはだんだんと見分けられるようになっていた。

（……緊張か？）

だが、なぜ緊張しているのか。オディーリアはいらないと言ったが、レナートはふたりぶんの温かい茶を用意して彼女の隣に自分も腰かけた。

「どうした、寝ぼけて自分の部屋がわからなくなったか？」

城は広いし、防衛の観点から、あえてわかりにくいよう設計されている。彼女はここに来たばかりだから、迷うこともあるだろう。

「いえ、レナートの部屋に来たくて来ました。迷ってはいないです」

彼女の声は硬い。緊張感が先ほどより増しているように見える。

（なぜだ？　わからん女だ）

オディーリアはアンバランスな娘だ。豊富な知識とそれを活用する頭脳を併せ持っているのに、アピールは下手くそ。おとなびているのか、童女のままなのか。強いのか、脆いのか――。レナートが知る彼女はまだほんの一面のように思う。

「俺になにか用か。言ってみろ」

オディーリアは逡巡したすえにようやく顔をあげた。その表情には並々ならぬ決意がみなぎっているように見えた。

こんな顔をするほどの用とはなんなのか……レナートは不思議に思いながら、彼女の答えを待った。

「はい。側妃としての務めを果たそうと思いまして」

そう答えた彼女からは、負け戦に向かう戦士を思わせる悲壮感が漂っていた。側妃としての務めとは……。

彼女の顔をのぞきながら聞く。

「夜這いに来たのか?」

それならば、彼女のこの妙な様子にも納得がいく。

レナートはグイッとオディーリアの肩を抱き寄せた。ふわりと鼻をくすぐる甘い匂いと、薄い夜着ごしに伝わる彼女のぬくもりが心地よい。レナートは自身の体温がぐんと上昇したのを感じた。

衝動のままに彼女のバラ色の唇を味わおうとしたが……。

「違います!」

白く柔らかな手のひらに、唇を押し返されてしまった。

キスを拒まれるなど、人生で初めての経験だ。

「クロエもマイトもレナートも、どうしてすぐそういう発想になるんですか?」

オディーリアはかすかに頬を染めて、唇をとがらせた。一度スイッチの入ったレナートには、そういう顔は男を煽っているようにしか見えないのだが……おそらく彼女は無自覚なのだろう。

「そういう発想もなにも、さっきのお前の発言はそうとしか取れないだろうが」

「そんなことはありません。側妃……妻の役割は夫を喜ばせることなのでしょう?」

「だから、悦ばせてくれるんだろう」

レナートは彼女をからかうように、小さな耳朶を優しく食む。

「ひゃあ」

耳を攻められることに慣れていないのか、彼女はかわいらしい声をあげた。首筋まで赤く染まっている。オディーリアは嘆いていたが、レナートは彼女のかすれた声がとても好みだった。

クックッと笑いながら彼女の顔をのぞくと、無数の星がきらめく美しい夜空のような瞳がレナートをにらみつけている。

「わかった、わかった。夜這いじゃないんだな。じゃ、なにをしてくれるんだ?」

純粋に疑問だった。こんな夜ふけにわざわざ訪ねてきて、なにをするつもりなのだろうか。彼女の思考回路は自分とあまりにもかけ離れているので、予測不能でおもしろい。

「これ……です」

オディーリアは握り締めていた手をそっと開き、なかのものをレナートに見せた。

「なんだ、これは? 笛か?」

彼女の手にあるのは、透明なガラスでできた小さな笛だった。かわいらしい品物だが、楽器というよりは子ども向けのちょっとした土産物のように見える。

「はい。私の故郷の村の名産品です。五デルでお釣りがくる安物ですけど。クロエに頼んで探してもらいました」

ナルエフは軍事と並んで交易にも力を入れている。ロンバルの品なら手に入れるのは難しくない。

「それを、くれるのか?」

「いえ……その……私が吹いてレナートに聞かせようかと」

オディーリアは恥ずかしそうにうつむいた。

妻というより、幼い娘がたまにしか会えない父のために一生懸命考えたもてなしのようではあるが……彼女は色恋に関しては、まさしく幼い娘のように初心(うぶ)なのだろう。

それに、ずっと所在なげにしていたオディーリアが自分のためになにかしようと考えてくれたのだ。その気持ちがレナートは素直にうれしかった。

「それはいいな。聞かせてくれ。俺は音楽が結構好きだぞ」

そう言うと、オディーリアはパッと顔を輝かせる。

(この顔は……夜這いより価値があるな)

自分でも不思議なほど心が浮き立つ。

オディーリアをここまで連れてきたのは……自分でも予想外のことだった。

彼女が望むなら、その身を解放しロンバル軍に返してやろうと思っていたのだ。だが、オディーリアはなにも望まなかった。婚約者に手ひどく裏切られたというのに眉ひとつ動かさなかった彼女に、興味が湧いた。どうしてか手放しがたくなって、側妃に……などと適当な理由をつけてそばにおいた。

「なにかお好きな曲はありますか？」

「そうだな……お前の一番好きな曲を」

ふたりきりの静かな部屋に、笛の音が響く。

素朴で、郷愁を誘う優しい音色だ。オディーリアの腕前はかなりのものなのだろう。おもちゃみたいな笛ひとつで、目の前に彼女の郷里の風景が広がるようだった。

きっと、小さな麦畑のかたわらには清らかな小川が流れているのだろう。夜になれば、静かな月光に照らされて、小川はキラキラと輝く。

「お前のふるさとはどんな場所だ？」

演奏が終わるのを待って尋ねると、オディーリアは少し考えるそぶりをした。

「そうですね。貧しい村ですけど、とても美しいところでした」

「そうか」

レナートはほほ笑む。彼女の過去に少しでも優しい思い出があって、よかったと思う。

「オディーリア。仕事が欲しいと言ったな」

「はい、暇で困っています」

「では、毎晩ここでその笛を吹いてくれ」

オディーリアは困惑した顔で、首をかしげた。

「俺は寝つきが悪いんだ。その笛の音色は安眠によさそうな気がする。俺が眠るまで、ここで笛を吹いてくれ。――ダメか？」

彼女はブンブンと勢いよく首を横に振った。そして、消え入りそうな声で言う。

「では、曲のレパートリーを増やしておきます」

「あぁ、楽しみにしてる。それからな、明日は街に遊びに行こう」

「え？」

「暇で困ってるんだから、断るなよ」

オディーリアはこくりとうなずいた。

六　デート

翌日、約束どおりにふたりは街へ出かけた。以前、宿を取って一泊したラズの街だ。

「アーリエはこの国の政治の中心地ではあるが、遊びに行くなら商業都市であるラズのほうが楽しいからな」

たしかに、重々しい空気のアーリエよりラズの街のほうがにぎやかな雰囲気だ。あのときは具合が悪くて、観光はできなかったからゆっくり見て回れるのはうれしい。

「それに、ラズは俺が治める領地の玄関口でもあるしな」

「そういえば、庭だと言ってましたね」

レナートは得意げな顔になる。

「ナルエフで一番、物と人が集まる場所だ」

彼がラズの街を自慢に思っていることが伝わってきて、オディーリアの頬も自然と緩む。

「お前に似合いそうなドレスや宝石を買おう」

「そ、そんなものは、いらないですけど……」

甘酸っぱい空気がふたりを包む。

「見ているこっちが照れちゃうわね」

「初々しくていいじゃない。僕も初めて女の子とデートしたときのことを思い出すなぁ」

ふたりの後ろでコソコソと話をするクロエとマイトを、レナートが振り返る。

「俺はオディーリアとふたりで……と言ったんだが、お前たちは数が数えられないのか？」

「私たちの存在は気にしないでください。ただの通行人だと思ってくれれば！」

「そうそう。偶然、同じ街に遊びに来ただけ。邪魔はしませんから」

屁理屈でしかない言い訳にレナートは口をへの字にする。そして、視線をクロエたちのさらに奥へと向けた。

「このふたりはともかく……お前はどういうつもりなんだ、ハッシュ」

ハッシュは悪びれもせずに答える。

「お目付け役です。私は側妃さまを完全に信用したわけではありませんし」

わざわざ〝側妃〟を強調して彼は言った。

「とかなんとか言って、ひとりだけ留守番が寂しかったんでしょ～」

「素直じゃないんだから、お兄ちゃんは」

マイトとクロエがハッシュを肘でつつく。

レナートは深いため息を落とし、後頭部をかいた。

「今日はふたりきりだと、あんなに何度も言ったのに――」

弱っている様子のレナートがなんだかおかしくて、オディーリアはふっと笑む。

「けど、これはこれで楽しそうです。大勢で戦場以外の場所に出かけるなんて、初めてなので！」

「そうか。オディーリアが喜んでくれるのなら、まぁ……」

そこで、クロエが大きな声を出した。

「ねぇ、ねぇ、おいしそうなお店！　おなか空いちゃったし、食事にしない？」

「どうして、ただの通行人と食事をともにしなければならないんだ」

レナートはぼやくが、結局みんなで食事をすることにした。

寒いナルエフの名物料理である肉団子のスープ、燻製料理はロンバルでも定番だった。

「あ、これもおいしいです」

　オディーリアが口にしたものは、モチモチした皮に包まれた謎の料理だ。なかには肉と細かく刻んだ野菜が入っていた。塩気のある具とほんのり甘い皮が絶妙なバランスで美味だった。

「それは東方の国から伝わってきた料理だよ」

　マイトが教えてくれる。

「へぇ」

「あちらの商人の話によると、かの国ではなんでもこの皮に包んで食べるらしい。甘く煮つめた豆を包んだものも絶品だと聞いたぞ」

　レナートが補足するとクロエが騒ぎ出す。

「食べてみたい！　どこかで売ってるかな？　食事を終えたら探しに行きましょ」

　マイトはクロエの前にずらりと並ぶ料理に視線を落とし、あきれた顔をする。

「それだけ食べて、まだ食べものを探すの？」

「夜のおやつにすればいいじゃない！　絶品と聞いたら、食べずにはいられないわ」

「クロエはいつだって色気より食い気だよね。今年こそ運命の恋を見つけるんじゃなかったの？」

　クロエは力いっぱいうなずく。

「そうよ。政略結婚は絶対に嫌！　大恋愛で結婚してみせるから」

「……貴族の間で悪評が広まりすぎて、縁談もこないくせに」

ハッシュのツッコミをクロエは鋭い視線で殺す。

「クロエはどんな人が好きなの？」

友達の恋を応援したいと思って、オディーリアは尋ねてみた。

「そうねぇ。チャラチャラしてなくて、誠実な人がいいな。真面目で、頑固一徹な職人タイプとか！」

（意外とまとも……）

もっと、とんでもなく個性的な男性を想像していた。でも、彼女自身がとんでもないから真面目な男性とは意外と相性がいいかもしれないと思った。

「そんなまっとうな男がお前を選ぶはずがない」

ばっさりと切り捨てるハッシュにクロエは「べぇ〜」と舌を出す。

「自分がモテないからって妹を道づれにしようとしないで！」

「う〜ん。ハッシュの言うことも一理あるよ。クロエがまともな男をものにしたいなら、既成事実でも作るしかない気が……」

「なるほど、既成事実ね」

　恋愛強者のマイトの意見にはクロエも耳を傾けている。

　なんだかんだで楽しい時間だったし、レナートも城にいるときよりくつろいだ顔を見せていた。店を出ると、マイトがあっさりと言った。

「じゃ、ここからは僕らは本当に通行人になりますね」

　クロエも同意見のようだ。

「そうね。さすがに最後まで邪魔する気はないわ！　私たちは異国のおやつを探しに行きましょ」

「まぁ、いいけどさ。食べすぎると太っちゃうよ」

　クロエとマイトはおしゃべりしながら歩き出したが、少し進んでからくるりと振り返った。

「ちょっと、お兄ちゃん。なにしてるのよ？」

「おなかでも痛いの？」

　ハッシュは真顔で答える。

「私は殿下たちと一緒に――」

「はぁ⁉」

　クロエとマイトの抗議の声が重なる。

「ハッシュってば……いくらなんでも、ここは空気を読むとこだよ」

「うん。さすがの私もドン引き」

ふたりはゴミを見る目つきでハッシュを見ている。

「護衛だ。護衛は必要だろう」

「剣をひと振りしただけで肩を痛めるお兄ちゃんがなにを守れるのよ！　さ、行くわよ」

クロエはハッシュを引きずって、人混みのなかに消えていく。

「じゃ、おふたりは初デートを楽しんで！」

いたずらな笑みでマイトは手を振り、クロエたちのあとを追いかけた。

（クロエたちがいないと静かね）

オディーリアは隣を歩くレナートの顔を盗み見る。今日はお忍びだから、髪も服装もいつもよりラフでなんだか彼を近くに感じた。

（ふたりきり……こういうのを俗にデートと呼ぶのかしら。なんだか緊張する……）

ぎくしゃくと右手と右足を同時に出しているオディーリアを見て、レナートは噴き出す。

「なんだ、それは。別にいつもどおりでいいから」

そう言われると少しホッとする。

「おもしろそうな店をのぞいてみようか」

「はい」

普段と変わらない笑顔を向けられて、ようやく緊張が解けたのに……レナートは当然といった仕草でオディーリアの手を握った。

「え、そ、の……」

触れ合う手に視線を落としながら、オディーリアは言葉にならない声を出す。

「人が多いから。はぐれると困るだろ」

彼はそのまま歩きはじめた。

（深い意味はないんだから。いつもどおりに、いつもどおりに！）

何度そう唱えても、オディーリアの身体はどうにもぎこちなく、いつもどおりには動かなかった。

ラズの街には高級店からやや怪しげな雰囲気の露店まで、ありとあらゆる店が並ぶ。

「これ、いいんじゃないか？」

レナートはネックレスを手に取り、オディーリアの胸元に当てた。彼女の瞳と同じ深い紫色の宝石が輝いている。

「綺麗ですね。ロンバルでは見たことのない宝石です」

「はるか南方の国の特産品だからな」

レナートは博識だ。彼と話をしていると、知らなかった世界が目の前に開けていくようでワクワクする。

異国のドレスを試着したり、珍しい菓子を買って歩きながら食べたり、こういう時間を過ごすこと自体がオディーリアには新鮮で楽しかった。

「あ、見てください。楽器があんなにたくさん」

道端に座って商売をしている露店にオディーリアは目を留めた。絨毯の上にいくつもの楽器が並べてある。

「近くに行ってみようか？」

オディーリアはうなずき、店のほうに駆けていく。初めて見る珍しい楽器もたくさんあった。

「これはどうやって音を奏でるんだろう」

「あぁ。それはね――」

見た目は怪しげだが、意外と親切な店主が実際に演奏しながら説明してくれる。

「なにか欲しいものがあるか？　今日の記念にプレゼントしよう」

レナートがそう言った。

「いいんですか？　では、えっと……」

興味深い品が多く目移りしてしまう。オディーリアは立派な笛を手に取り、つぶやいた。

「この笛なら、レナートに聞いてもらう曲のレパートリーを増やせそうですね」

「そうだなぁ」

レナートは少し考えてから、ふっと口元を緩めた。

「でも、俺はお前のあのガラス笛を気に入ってるぞ。もちろん、これが欲しいなら反対はしないが……」

言われてオディーリアも考える。そして、立派な笛をもとの場所に戻した。

「それなら違う品にします」

「いいのか？」

小さくうなずく。笛は彼に喜んでもらうことが目的だ。立派な曲を奏でることを目指す必要はないと思った。

結局、部屋に飾るだけでも素敵なベルを買ってもらった。単純な楽器だが、優しい音色がとても気に入ったのだ。

受け取った品を大切に胸に抱きながら、レナートに礼を言う。

「ありがとうございます」

彼は少しまぶしそうに目を細める。

「やっぱり、お前の笑顔はいいな」

言われて初めて、自分が笑顔になっていることに気がついた。

(不思議だな。レナートといると、いつも胸が温かくなる)

「クロエたちはどうしてるかな？」

「そうですね、目当てのお菓子は見つかったでしょうか」

「別に帰りは一緒でいいし、捜してみるか」

あの三人ならきっと騒がしくしていることだろう。すぐに見つかるかと思っていたが、ラズの街は広く、複雑に入り組んだ構造をしているせいか案外と出会えない。それどころか、裏道を進むうちにレナートの姿まで見失ってしまった。

「あれ？　レナートは……というか、私どこの道から来たんだったかしら」

完全に迷子になってしまったようだ。

(仕方ない。とりあえず、大きな通りに戻ろう)

動き回らずじっとしていれば、レナートかクロエたちが見つけてくれるだろう。そんなふうに考えて大通りを目指すことにした。

やっと裏道から大通りに出るというところで、悲鳴のような声を聞いた。女性か子どもか、高く細い声だった。オディーリアは声のしたほうに目を走らせる。人が集まってきていて、なにかあったようだ。

「どうしたんですか？」

駆け寄り、近くにいた女性に事情を尋ねる。

「あぁ、貴族の馬車がよく見もせずに突っ込んできて……子どもが」

野次馬の隙間から様子をうかがうと、ボロボロの服を着た十歳くらいと思われる少年が地面に転がっていた。膝の辺りが血だまりになっている。

オディーリアは急いで彼のもとに走った。身体を揺すらないように気をつけながら、彼に声をかける。

「大丈夫よ。今、助けてあげるからね」

「う、うぅ」

薄く開いた目がオディーリアを見た。

（よかった、意識はあるみたい）

見たところ怪我をしているのは脚だけのようだ。それならば、命は助かるかもしれない。

「彼の家族を呼んできてもらえますか？　それから清潔な布もいただけると、ありがたいです」

オディーリアは顔をあげ、周囲の野次馬に頼んだが……彼らの反応は鈍い。みな、気まずそうに視線をそらすばかりだ。

「あの、ひどい怪我なので……できれば早くに」

先ほどオディーリアに状況を教えてくれた中年の女性が、見かねたように近づいてきて言った。

「かわいそうだけど……その子は家も家族もない孤児だ。助けてやりたくてもねぇ」

医師を呼ぶ金も面倒を見る余裕もないという意味だろう。彼女を薄情だと責めることはとてもできない。聖職者、貴族、ほんの一部の成功した商人などを除けば、どこの国も民の生活は決して楽ではない。金はもちろん、清潔な布だって貴重品だし、知らない子どもに渡すのは惜しいだろう。

「では、せめて誰かナイフを貸してくれませんか？」

「あぁ、それくらいなら」

近くにいた露店の主人が調理用のナイフを渡してくれた。

（家族がいないのなら、私が手当てしても大丈夫よね）

オディーリアは自身の着ているドレスを借りたナイフで思いきり切り裂いた。ドレスがはらりとはだけ、肩や太ももがあらわになる。この季節のナルエフの気温はかなり低い。冷たい風が肌を刺すようだったが、そんなことに構ってはいられない。

「なにやってるんだ、あんた」

露店の主人が目を丸くしているけれど、オディーリアは冷静だ。

「できるだけ清潔な布の確保です。止血に必要なので」

レナートから与えられるドレスは豪華で布の使い方も贅沢だ。たっぷりとしたドレープ、つまり汚れのつきにくい部分がたくさんある。そこを切り取って、使おうと思ったのだ。

（豪華なドレスは動きにくくて不便と思っていたけど、役立つこともあるのね）

「あんた、医学の知識があるのか？」

「専門的なものではないですが」

「この子、助かりそうなの？」

「意識もありますし、命に別状はないかと思います」

テキパキと彼の手当てをするオディーリアの姿に、野次馬たちの気持ちにも変化があったようだ。

「水と多少の食べものなら、うちから……」

「俺にも手伝えることがあれば言ってくれ！」

「ありがとうございます。助かります」

美しい笑みを浮かべて、オディーリアは彼らに答えた。その瞬間、「オディーリア！」と自分を呼ぶ声が聞こえた。人をかき分けて飛んできたレナートは血相を変えていた。腰に携えた剣に手をかけ低いうなり声を出す。

「誰だ？ 誰になにをされた⁉」

「え？ いえ……」

なぜ彼がこんなにも怒っているのか、オディーリアにはわからなかった。レナートはナイフを貸してくれた主人に詰め寄っている。

「お前か？ 俺の妻になにをしたっ」

そこでようやく、レナートが大きな誤解をしていることに気がついた。あられもないオディーリアの格好を見て、早とちりをしたのだろう。

今にも剣を抜こうとしているレナートにオディーリアは叫ぶ。

「ち、違います！」

その言葉と同時に、レナートの背中にマイトが飛びついた。

「レナートさま、ストップ！」

マイトに続いてクロエとハッシュもやってきた。

「私たち、途中から見てました。服を破いたの、オデちゃん自身ですから」

「はぁ？」

クロエたちの説明により、レナートは自分の勘違いを認め、ぬれぎぬを着せられてしまったかわいそうな男に謝罪をした。その間にオディーリアは少年の手当てを終えた。

「しゃべれる？」

「い、一応」

だが、よほど痛みが強いのだろう。彼は思いきり顔をしかめた。

「本当はお医者さまに診てもらえたら安心なんだけど」

「孤児を診てくれる医者なんかいないよ」

すべてを諦めた瞳で彼は吐き捨てた。年齢よりおとなびているのは、子どもでいることを許される境遇ではないからなのだろう。

「あんたが手当てしてくれただけで十分。――誰かに優しくしてもらったのは初めてだ。ありがとう」

「うん」

　そこにレナートがやってきた。

「今、クロエがこの街の医師を呼びに行った。もう少し待ってろ」

「でも、費用が……」

オディーリアが言うと、レナートは自分の手首を指さした。彼がいつも身につけていたはずの腕輪がなくなっている。

「一番金になりそうなものを売ることにした」

　レナートはその場にかがみ、少年と目線を合わせた。

「診療代を払っても、結構な釣りが残ると思う。それを使って生活基盤を整え、いい仕事を見つけるんだ」

　少年はまだ状況がのみ込めないようで、目を白黒させている。

「約束だ。お前を助けた彼女のためにも、立派な男になれよ」

　少年は助けを求めるようにオディーリアを見る。安心させるように力強くうなずくと、彼は小さく「ありがとう」と答えてくれた。

馬を預けてある宿駅へと戻る道すがら、レナートは苦笑交じりにこぼした。

「安易なほどこしは、為政者のすべきことではないとハッシュに小言を言われた」

「……難しい問題ですね」

平民に生まれたオディーリアにはハッシュの意見もよくわかる。この国で苦しんでいる孤児は、きっとあの少年ひとりだけではない。平等や公平の観点から見たら、レナートの行動はたしかに間違えているのかもしれない。

「けど、あの少年は聡明そうだった。大成して、のちに多くの孤児を救うかもしれない。俺はそう思ったんだが……楽観的すぎるだろうか」

オディーリアは首を横に振る。

「レナートらしいです。私は……あなたの治める国を見てみたい」

レナートの取った行動はきっと間違いじゃない。そう伝えたつもりだった。

「立派になったあの子がいつかレナートに会いに来てくれるかもしれないですよ。ふふ、その日が楽しみ」

オディーリアが未来に思いをはせていると、レナートは言った。

「では、その日までお前は俺のそばにいるということだな」

「えっ？　あ、そんなつもりでは……いや、でも……」

　レナートの城にずっといるつもりはない。最初はたしかにそう思っていたのに……

気持ちの変化が自分でも信じられなくて、オディーリアは戸惑う。

「まぁでも、あの少年が再会を望むのは、きっと俺じゃなくてお前だろうな」

「えぇ？　私は止血をしたくらいで……」

　レナートはオディーリアを見つめ、柔らかく笑む。

「さっき、少年の手当てをしているお前は聖女にしか見えなかった。魔力なんかなくても、ちゃんとあの子を救っただろう」

　彼の言葉はオディーリアの心に優しく染み入った。

（どうして胸がドキドキするんだろう、変なの）

　少し先を歩いていたクロエが振り返る。

「ふたりとも、遅いよ〜。早く、早く！」

　追いつくのを待ってくれているようだ。オディーリアもレナートも足を速める。

　合流すると、マイトが胸を撫でおろしながら言った。

「それにしても、早とちりで罪のない領民を切り捨てなくてよかったですよね〜。大問題になるとこでしたよ」

「うふふ。オデちゃんへの愛ゆえよね！」

クロエがちゃかすので、オディーリアは即座に否定した。

「暴漢かと思ったというだけで、愛とかそういうことでは――」

「いや。クロエの言うとおりだ」

真面目な顔でレナートが言い出すので、オディーリアはたじろいでしまう。

「と、突然なにを……」

「ほかの男がお前に触れたのかと思ったら、頭に血がのぼってなにも見えなくなったんだ。俺もまだまだ未熟だな」

「み、みんなの前でおかしなことを言わないでくださいっ」

「では、ふたりきりになってから、たっぷりと伝えることにしよう」

レナートの甘い笑顔にオディーリアは返す言葉もなかった。

七　新たな戦い

それから二週間。

夜になると、オディーリアはレナートの部屋を訪ねて笛を吹く。プレゼントしてもらったベルを使うこともある。彼が飽きないよう、さまざまな曲を練習するようになり、自身にとっても楽しい趣味になっていた。

演奏が終わると、彼はいつも感想を述べてくれる。

「うん。明るい曲もいいな。いい夢が見られそうな気がする」

「それはよかったです」

「オディーリア」

レナートは彼女の名を呼び、その口元から笛を奪い取った。

「礼だ」

ふいに唇が重ねられた。優しく触れるだけのキス。

それでもオディーリアには初めてのキスだ。目を白黒させて彼を見つめた。

「油断していたほうが悪い。時々味見をすると言っただろう」

彼の笑顔に胸が高鳴る。オディーリアは自分の唇をそっと触ってみた。

（嫌じゃなかった。どうしてだろう？）

次の瞬間、レナートに腕を引かれ、ベッドのなかに引きずり込まれた。

「きゃっ。なにを？」

「なにもしない。もう廊下は冷えるから、お前もここで寝ろ」

彼は体温が高い。逞しい胸板に包まれていると身体がポカポカして心地よかった。

そんなふうにして、ふたりは一緒のベッドで眠るようになり、オディーリアの自室はただの衣装部屋になった。

レナートは時々唇を味わうが、それ以上のことはしない。オディーリアは彼の気持ちをはかりかねていた。いや、その前に自身の感情すらわからない。

（彼と過ごす時間は嫌いじゃない。それどころか、なくなったら……寂しく思うかもしれない）

今夜もオディーリアはレナートの隣で笛を吹いていた。覚えたばかりのナルエフの軍歌だ。勇猛果敢なこの曲は、彼の率いる軍によく似合うことだろう。

オディーリアの絹糸のような銀髪を彼が優しく撫でる。なぜかは知らないが、彼は自分の頭を触るのが好きなようだった。そして、オディーリアも彼の手を好ましいものと感じていた。

「今夜にぴったりの選曲だったな」

「ぴったり……とは？」

この曲は少し前から練習していたのだが、ガラス笛は音域が狭いので重厚な曲をうまく吹くのはかなり難しいのだ。

ようやく聞かせられるかなというレベルになったので、今夜が初披露だったのだが……。

「オディーリア。すまないが、俺はしばらく城を留守にする」

「しばらく、ですか」

「早くてふた月、長いと半年かそれ以上か……」

ようするに、はっきりしないということだった。

「戦になるんですね」

ぴったりとはそういう意味だったのだろう。オディーリアの言葉にレナートはうなずく。

「そうだ。カジガルとの国境付近で起きていた小競り合いが大きくなって、収拾がつかなくなった」

カジガルは故国ロンバルの友好国だった。同じように歴史のある古い国だ。オディーリアは頭のなかに地図を思い浮かべる。従軍してあちこち回っていたから、地理には詳しいほうだ。

(ナルエフとカジガルが国境を接しているのは、ビナ鉱山の辺りね)

「対戦相手がロンバルでなくて、安心したか?」

難しい顔をしてしまったオディーリアにレナートは笑いかける。

「え? いえ……それは、とくになにも思いませんでした」

我ながら薄情だと思う。だけど、オディーリアにとっては故国ロンバルもあまり知らないカジガルもそう重みが変わらないのだ。

(むしろ——)

来たばかりのこのナルエフのほうが重く感じた。レナートやマイトが傷つくところを想像すると心がざらつく。

「カジガルは大国ですよね」

「まぁ……新興の我が国に比べたら、ロンバルもカジガルも伝統ある大国だな」

「大丈夫なのですか?」

勝算はどの程度あるのだろうか。ナルエフは破竹の勢いがある国だが、伝統国には歴戦をくぐり抜けてきた経験がある。レナートはあっけらかんと答える。

「わからん」

「そんないいかげんな……」

「あちらがどの程度本気なのかまだ読めないし、勝負に絶対はない。それに、圧勝する戦で死ぬこともあるしな」

（死ぬ……この人が？）

〝死〟という言葉に自分がひどく動揺していることに気がついた。指先がカタカタと震える。そんなオディーリアの手を、レナートは力強く握った。

「ま、そう心配するな。俺はそんなに弱くはないし、悪運の強さには自信がある」

そう言って彼は笑うが、オディーリアは笑えなかった。

（イリムが戦に出るときはこんな気持ちにはならなかった。こんな感情は知らない）

オディーリアは無意識のうちにレナートの手をギュッと握り返していた。

「どうした？　珍しく情熱的だな」

「わ、私も連れていってください！　白い声はもう使えませんが、戦場には慣れています。魔力に頼らない手当てもきちんとできます」

「なんだよ。そんなに俺と離れがたいか?」

レナートは冗談めかして言いながら、つないだ手とは逆の手で彼女の頬をさらりと撫でた。

〝そういうことでは、ありません〟

いつものオディーリアならそう答えたことだろう。だが、今夜は違った。

「はい、離れたくないです。あなたのいない城では、私はまたすることがなくなってしまう」

レナートのいない城で暮らすなど、もはや考えられなかった。いつ帰ってくるのか……いや、本当に帰ってくるかもわからない彼を待ち続けるのは耐えられない。そう思った。

レナートはものすごく驚いた顔をしている。開いた口が塞がらないようだった。

「お前の口からそんなかわいい台詞が出てくるとは……」

「はい、おそらく最初で最後です。ですから、どうか……連れていってください」

レナートは目を伏せ、腕を組み、長いこと思い悩んでいた。

「運が悪けりゃ、死ぬかもしれないんだぞ」

「運が悪ければ、この城にいても雷に打たれて死にます」

オディーリアは薄く笑んだ。

「心配は無用です。私の命はイリムに売られたあのときに、終わっていてもおかしくなかった。死ぬ覚悟はとうにできています」

レナートじゃなければ、とっくに殺されていただろう。自分の命など今さら惜しくはなかった。

彼は覚悟を決めたようにオディーリアを見据えて、ニヤリとした。

「わかった。では、オディーリア。お前をまた有効利用させてもらうぞ」

軍の出立準備中。

「えっ、クロエも来るの？」

迷惑そうな声を出すマイトに、クロエはフンと鼻を鳴らす。

「私が希望したわけじゃないからね。お兄ちゃんが、侍女ならば常に主のそばにいろって。いざってときはオデちゃんの身代わりになる覚悟で行ってこいって言うんだもん」

「ふぅん。ハッシュ、なんだかんだいってもオデちゃんを妃と認めてるのかな？」

そこでオディーリアも口を挟む。

「ないです、それは絶対。私が勝手にすることだからクロエはついてこなくていいと何度も説明したのに、ハッシュはちっとも聞いてくれなくて」

妃だと思っていたら意見を無視することはないはずだ。オディーリアはクロエに頭をさげる。

「ごめんね。私のせいで」

クロエはケラケラと明るく笑った。

「まぁ、本気で嫌だったらお兄ちゃんなんか完全無視して城に引きこもるよ。これも経験かな～と思って」

「ていうか、主のそばにというなら……レナートさまが行くのに、どうしてハッシュは来ないいんだって話だよね」

マイトの言葉にクロエも同調する。

「そう、そう！　あの人、ただ私がいるのが嫌なだけなのよ。あれこれ理由をつけて追い出したいだけ」

マイトとクロエの緊張感のない雑談を、レナートは苦笑しつつ聞いていた。

「――ハッシュは運動音痴すぎて戦場では足手まといだから留守番でいい。クロエ、ついてくるなら無茶はするなよ」

そもそもハッシュは軍人ではないので、戦場に出ないのは普通のことだ。

「はーい、わかってますよ。マイト、私になにかあったらしっかり守ってよね」

「え～。クロエは逞しいし、強運そうだから、僕の出番はきっとないよ」

「か弱い乙女に逞しいとは失礼ねぇ」

（これから戦場に向かうという気がまったくしないわ）

クロエのおかげで、まるで物見遊山にでも行くような和やかムードでレナートの軍は城を出た。

「クロエ、馬に乗れたのね」

オディーリアの言葉に彼女は得意げな顔をしてみせる。

「こう見えても貴族のお嬢さまだし！　嗜む程度にはね。あんまりスピードは出せないけど」

目的地はカジガルとの国境地帯であるビナ鉱山だ。

良質な金属が採掘される鉱山で、ここの利権を巡ってナルエフとカジガルは、これまでも小規模な小競り合いを繰り返してきたらしい。それがとうとう戦にまで発展してしまったのだ。

「長引かせる必要のない戦だ。さっさと折り合いをつけて、アーリエに帰る」

レナートはそんなふうに言ったが、はたして目論見どおりにいくだろうか。

冷たい風が、馬を駆るオディーリアの肌を刺す。

(……雪の季節になる前に終わるといい)

おそらく難しいだろうとわかっていたが、祈らずにはいられない。寒くなればなるほど、戦死者は増える。

「疲れたか?」

「いえ、大丈夫です」

「怖い顔してる」

「えっ……」

「疲れてないなら、笑っていろ」

レナートに言われ、オディーリアは口角をあげ笑顔を作ろうとしたが、なんだかうまくいかない。

「笑えと言われて、笑うのは難しいです」

「ははっ。そりゃそうだ。だが、いつでも笑えるよう訓練しといてくれ」

「どういうことですか?」

「じきにわかる」

レナートは意味深な目配せを送ってよこす。だが、それ以上の説明はくれなかった。

馬を走らせること丸三日、ようやくビナ鉱山に到着した。

レナートやマイトは息つく間もなく、すぐに前線へと向かうようだ。

「どうか……ご無事で」

かつて、同じ言葉をイリムにもかけたことがある。でも、彼には悪いが、込めた思いが全然違う。レナートには心から無事で戻ってきてほしいと思う。

（この人を失うのは……嫌だ）

誰かに対して、そんなふうに思うのは初めてだった。

「そんな心配そうな顔するな。――離れがたくなるだろう」

言いながら、レナートは顔を近づけてくる。至近距離で視線が絡む。

「なにか？」

「忘れものだ」

熱をはらんだ彼の瞳は美しく、背筋が震えるほどに色っぽい。熱い吐息が頬にかかって、オディーリアの肩がぴくりと跳ねた。

ゆっくりと唇が重なる。

「んっ」

わずかな隙間から柔らかな舌が侵入し、口内を蹂躙する。

(こんなの、知らない……)

いつもよりずっと情熱的なそのキスに、オディーリアは膝から崩れ落ちそうになる。

が、力の抜けた身体をレナートはなかなか放してくれない。

「まだだ」

切なげな声で言って、彼は角度を変えながら幾度もキスを繰り返した。

「戦いの女神からキスを賜ったから、俺は大丈夫だな」

「女神?」

「では、行ってくる」

女神とはどういう意味かと聞きたかったのに、レナートはあっという間に馬上の人となり、戦場へ向かってしまった。

(そういえば、私を有効利用するって具体的になんだったのかな? 戦場に着いたら教えるって言われてたのに聞きそびれちゃった)


五日後。

オディーリアやクロエは前線から少しさがった場所に構えたレナート軍の本陣で、

負傷者の手当てや看病にあたっていた。

オディーリアは慣れているから問題ないが、クロエが心配だった。

「クロエ、大丈夫？　無理しないで。もっと後方の仕事でもいいと思うから」

食糧や備品の管理なら、戦場に慣れていない者でもやりやすい仕事といえるだろう。

看護は、その言葉から受けるイメージより何倍も過酷だ。足を負傷した者に肩を貸したり、大量の汚れた衣類を洗濯したりと、力仕事も多い。なにより、血と臓腑の……戦場特有の匂いがきつい。

向かない者には心底つらい仕事だ。

クロエは眉をひそめ、唇をかみ締めていた。

オディーリアがそっと彼女の肩を抱こうとすると、クロエはぽつりとこぼした。

（やっぱり……）

「私って、不器用だったのね」

「え？」

「どうがんばっても、包帯がゆるゆるになっちゃうのよ！　傷ついた人々を癒やす天使、殺伐とした戦場に咲く一輪の花として評判になって、あわよくば素敵な恋をゲットしようと張りきってたのに、このままじゃ計画がぁ」

「天使にお花って……なんの話？」

クロエはガバッと勢いよくオディーリアに抱きついた。

「お願い、オデちゃん！　素人が包帯をプロっぽく巻くコツを伝授して」

「そんな便利なコツはありません。実践あるのみ」

オディーリアはクスリと笑う。マイトの言ったとおりクロエは逞しい。包帯の巻き方など慣れの問題だ。彼女ならきっとすぐに戦力になってくれることだろう。

八　女神

「あの薬草をもっと用意しておいたほうがいいかしら」

前線は一進一退の攻防を続けているそうだが、こちらもやることはいくらでもある状況で忙しい。オディーリアはテキパキと動き回っていた。

「な。この世の人間とは思えない美しさだろう。やっぱり本物の女神さまなんだよ！」

「手を当ててもらうだけで熱が引くって聞いたぞ」

オディーリアの後ろで兵たちがコソコソとおしゃべりしているのが聞こえる。これが陰口なら別にいいのだ。慣れたものだし、気にならない。

（でも、そうじゃないみたいなのよね）

彼らのキラキラした眼差しを背中に受けながら、オディーリアは細く息を吐いた。

このおかしな状況を作ったのはレナートだ。

『心配ない。本陣には天から舞いおりた女神がいるからな。彼女のほほ笑みには特別な力があるんだ。きっとすぐによくなるぞ』

負傷して戦場を離れる兵に彼はそんなことを言いふらしているそうだ。そのせいで、兵たちがオディーリアを女神だと信じてしまったのだ。

クロエはオディーリアの髪をまじまじと見ながら言う。

「銀髪は本当に珍しいし、女神さまに見えるのもわかるよ。それに、オデちゃんの薬草の効果はすごいもの。神さまの力だと言われても納得しちゃう」

軍事には力を入れているナルエフだが、医療についてはロンバルのほうが進んでいるようだ。

「それなら、すごいのは薬草であって私じゃないし……騙しているみたいで、あまりいい気分じゃないのだけれど」

オディーリアが頭を抱えると、クロエは楽しそうに笑った。

「真面目だなぁ、オデちゃんは。その真面目さでいっそ完璧な女神さまになりきってみたら？　信者が増えまくって、王家に匹敵する権力を握れるかも！」

「――そんなの握りたくない」

数日後。レナートが久しぶりに本陣まで戻ってきた。怪我もなく元気そうな様子にオディーリアは胸を撫でおろした。が、だからといって例の件を許すことはできない。

夜、天幕でふたりきりになるとオディーリアは彼に詰め寄った。

「こういうのは詐欺……というんですよ！」

レナートは余裕の笑みを浮かべている。

「どこがだ？　女神のほほ笑みには、特別な力があると言っただけだ。力の正体については明言していないぞ」

オディーリアはあきれた。

「その言い草が詐欺師そのものです！　だいたい、私は天から舞いおりてなどいません。あなたに買われただけです」

それを知っている人間はもちろんいる。ふたりが出会った戦のときにレナートのごく近くにいた兵たちは、オディーリアがロンバルから来た人間だとわかっているはず。しかし、レナートは彼らには箝口令を敷いていた。

「それじゃあ、夢がないだろう」

レナートはオディーリアの腕を引き、自分の寝台に引きずりこんだ。彼の重みでオディーリアは身動きを封じられてしまった。

レナートはオディーリアの長い髪を指先に絡ませる。

「男は単純な生きものだ。美女のためなら誰もが英雄になれる。そして、戦場ではそういう思い込みの力は結構侮れない」

彼の言いたいことも、わからないではなかった。

死を恐れておびえる兵より、手柄を立てようと意気込む兵のほうがきっと強い。強い兵が多い軍はそれだけ強くなる。

「ですが……私はもうなんの力も持っていません。女神だなんておこがましい」

レナートはムッとした顔で、オディーリアの額を軽く叩いた。

「お前は白い声にとらわれすぎているな。魔力がないと価値がないと言うなら、俺やクロエも無価値か？」

「いいえ、それは違います。でも、私には白い声しか……」

オディーリアの言葉を、レナートは強い口調で遮った。

「ほかにもあるぞ。騎馬技術も優れているし、薬草の知識、看護能力。その美貌も立派な武器だ、おおいに活用しろ」

「その使い道が女神……なのですか？」

「そうだ。お前に看病してもらうと元気が出るとみなが言ってるぞ。立派な治癒能力だ。自信を持って、女神になれ」

強引に押しきられているとしか思えないが……でも、負傷した兵たちが元気になった姿を見るのはオディーリアもうれしかった。

（白い声がなくても、ちゃんと役に立てているのかな？）

「クロエを見てみろ。どこも負傷していない腕や脚をハサミで切りつけられたと散々苦情がきているが、ちっともこりてないぞ」

「クロエは立派です！　初めての戦場に愚痴もこぼさず、そもそも私の身勝手に付き合わされただけなのに……」

レナートはふぅと小さくため息を漏らす。

「お前は人には優しいな。しつこいようだが、その思いやりを自分にも向けてやれ」

自分に優しくする。その意味をオディーリアはしばし考えた。

（レナートが何度も言うんだから、きっと大事なことなのよね）

「まぁ、ゆっくりでいいさ。というより、今は考えごとではなく俺を見てほしいな」

言いながら、彼はオディーリアを強く抱き締めた。

レナートが難しいことを言うからじゃないか。そう目で訴えると、彼は「ははっ」と白い歯を見せて笑う。

「女神さまは負傷している兵しか癒やしてくれないのか？」

オディーリアが答えるより先に、彼は柔らかな頬に唇を寄せた。

幸せそうに表情をほころばせたレナートが、指先でオディーリアの顎をすくう。

「ほら、俺にもほほ笑みかけてくれ。それだけで、明日も戦えるから」

「ですから、笑えと言われて笑うのは難しいのです」

「そうか？　なら、こっちで我慢しよう」

彼はオディーリアの唇に、かみつくようなキスをした。

乱暴なようでいて、甘く優しい。彼にキスをされることが、いつの間にか当たり前になっている。その事実に戸惑ってしまう。

アーリエを発ってからもう半月が過ぎた。前線を少しずつ移動させながら、戦は続いている。

「はい、おしまいです。傷の影響で今夜は熱が出るかもしれませんので、絶対に無理しないでくださいね」

面差しにまだあどけなさを残す若い兵に向かって、オディーリアはにこりと笑む。

「ありがとうございます！　女神さまに手当てしてもらえたなんて……もう死んでもいいですっ」

「そ、それはダメです。早く元気になって、たくさん手柄を立ててください」

「が、がんばります‼」

「はい、がんばってください」

女神さまという呼び名に関してはもう諦めた。オディーリアは白い声を使えないなりに、精いっぱいの看護を続けている。

「クロエ。どうかしたの？」

彼女が膨れっ面をしていることに気がついて声をかける。

「オデちゃん！　聞いてくれる？」

「う、うん」

「今ね、ものすご～く好みのイケメンが怪我してたから、いいとこ見せようとがんばったのに……」

「イケメン？」

あいかわらず彼女の話は突拍子もない。

「自分でやるから大丈夫ですって言われちゃったのよ！　しかも、私より数段は上手でね、屈辱だわ」

「う～ん。よくわからないけど、クロエが元気そうで安心した」

なにか嫌なことでもあったのかと心配したが、杞憂だったようだ。

「女神さま、女神さま！」

「はい、なんでしょう」

オディーリアを呼んだのは、レナートと同じ年くらいに見える大柄な男だ。彼は少し前に肩にひどい傷をおったのだが、ずいぶんと回復した様子だった。

「女神さまのおかげで、すごくよくなりました！」

「よかったです。痛みはどうですか？」

「大丈夫です。ほら、このとおり」

彼は腕をブンブンと振り回して回復をアピールする。

オディーリアがクスリと笑うと、男はその大きな身体に似合わずポッと頬を染めた。

「明日から戦場に復帰します。め、女神さまのためにっ、戦ってきます！」

「はい。ご武運を祈っています」

「うぅ……し、死んでもいい！」

（なんで、みんなして死にたがるの？）

それればかりは不思議だったが、この軍の者たちは総大将であるレナートの影響を受けているのか、素直で気のいい人間ばかりだ。戦場にいるとは思えないほど穏やかな気持ちで、オディーリアは日々を過ごしていた。

汚れた衣類の洗濯のため、オディーリアとクロエは外に出る。

「ひ～。寒いっ」

クロエが思わず悲鳴をあげたのも納得の寒さだった。太陽はどんよりとした灰色の雲に覆われ、ピューピューと吹き抜ける風はすべてを凍りつかせる冷たさだった。

オディーリアは空を見あげる。

（そろそろ雪になるな）

「これはちょっと、外で戦う兵たちにはつらいよね」

クロエの言葉に同意してうなずく。

「もう終わるといいね。お互いのために」

もちろんレナートの勝利を願ってはいるが、カジガル兵に恨みはない。どちらの軍の犠牲者も少ないほうがいい。

雪は……きっと犠牲者を増やす。そうなっても、白い声をなくした自分は、命の火が消えていくのをなにもできずに見ているしかないのだ。

「本当だね。そろそろアーリエに帰りたいな」

「ごめんね、クロエ」

「オデちゃんを責めてるんじゃないよ！　ちょっと、おいしいスイーツが恋しいなぁってだけ」

その夜も、本陣に戻ってきたレナートと一緒に束の間の休息を取った。

「あぁ、雪になった」

天幕から外をのぞいたレナートが落胆した声で言う。

夕刻から降り出した冷たい雨がとうとう雪に変わったようだ。オディーリアも眉をひそめる。

「重傷の兵たちが心配です」

寒さはなけなしの体力を奪っていく。彼らは今夜を無事に明かすことができるだろうか。

オディーリアの瞳が不安げに揺れる。レナートはそんな彼女を励ますように言った。

「雪は悪いニュースだが、よいニュースもあるぞ」

「なんですか?」

「おそらく、明日の夜には祝杯をあげられる」

「ほ、本当ですか?」

「あぁ、約束する」

オディーリアは全身からドッと力が抜けていくのを感じた。

慣れている。そう思うようにしていても、本当の意味で戦いに慣れることはない。

緊張と恐怖。目を覆いたくなる現実のなか、なんとか足を踏ん張っているだけなのだ。

なにより、目の前のこの人を失うかもしれないという耐えがたい不安からようやく解放される。

もちろん、彼は将軍でこれから先も幾度も戦場に向かうであろうことはわかっている。だけど、たとえいっときの平和でもうれしかった。

「どうか無事で……」

声が震える。女神でも悪魔でも誰でもいい。明日の一日、どうか彼を守ってほしい。

そう強く願った。

「必ず、帰ってきてください」

「大丈夫だ。俺には女神がついてるからな」

そう言って、彼は頼もしい笑顔を見せた。

九　おかしな女

対カジガル軍の最前線。

「油断した……」

アスランはレナート・ウェーバー将軍率いる、ナルエフ軍の第一隊に所属する兵のひとりだ。

癖のないさっぱりとした顔立ちで、短く刈りあげた明るいブラウンの髪と鍛えられた身体がいかにも軍人らしい。

アスランは負傷した右脚を引きずりながら上官であるマイトに歩み寄り、頭をさげた。

「申し訳ありません、マイト隊長」

自分よりふたつも年下の彼を上官だと紹介されたときは『家柄だけが取り柄の隊長か』と正直がっかりした。どう好意的に見ても、強そうには見えなかったからだ。

が、剣を交えてみて、それが大きな勘違いであったことを知った。彼ほどの剣の天才にはこれまで会ったことがなかったし、これから先にも出会うことはないだろう。

それ以来、アスランは彼の剣を存分に活かすことが自分の使命だと信じている。

「三日で治してよね、アスラン。君が盾になってくれないと、僕の攻撃力は半減しちゃうよ」

盾になれ、とはひどい言い草とも取れるが、アスランにとってはこれ以上ないうれしい言葉だ。自分の助力で、彼はその能力をフルに発揮できると言ってくれているのだから。

「はいっ。二日で戻ってまいります」

アスランはいったん本陣にひき、怪我の治療に専念することにした。

だが、治療にあたってくれた女が……大外れだった。

「えーっと、まず消毒よね。あ、これね、これ」

女は小瓶の蓋を開け、手にしている綿布になかの液体をドボドボと垂らした。量が多すぎるし、なにより……。

「それは消毒液じゃないです。そっちの緑の蓋のほうです」

「えっ、嘘？　あ、ほんとだ。書いてあるわ」

「……初めて見る顔ですね」

長期に渡る戦の場合、女性の従軍はさほど珍しいわけではない。後方支援の部隊で活躍する女性も多いが……彼女みたいなタイプは普通いない。

小綺麗な身なりから推測するに、おそらく貴族の娘だろう。なぜ、こんなところに紛れているのだろうか。

「そう、今回の戦が初めてなのよ。だから、包帯巻くのも不慣れだけど許してね！」

「はぁ」

気合だけは十分な様子で包帯を巻いてくれるのだが、あまりにもひどい。

（この不器用さは、慣れでどうにかなるレベルじゃないな……）

包帯を切るついでに皮膚まで切られ、余分な傷がひとつ増えた。二日で完治させるつもりのアスランには、これは深刻な問題だ。

「もう自分でやるから、それ貸してください」

「え〜、でも怪我してるのに」

「怪我は脚です。手は無事ですから」

たとえ手を怪我していても、彼女よりはうまく巻けるだろう。そう思ったアスランは彼女から包帯を奪い取った。

「わっ、上手ね〜」

器用に包帯を巻いていくアスランを眺めながら、彼女はパチパチと手を叩いている。

「戦場になにしに来てるんだ？」と文句のひとつも言いたいところだが、あきらかに自分より身分の高い女だ。心の声はグッとのみ込む。こんなつまらぬことで除隊にでもされたら、たまらない。

（俺が死ぬときは、隊長の盾としてだ）

アスランはそう心に決めていた。

「私のやり方となにが違うのかなぁ」

包帯に向かってブツブツとつぶやいている彼女を、あらためて観察する。

ありえないレベルに不器用だが、わりと美人だと思った。艶やかな黒髪が綺麗だし、黙っていれば賢そうに見える上品な顔立ちだ。口を開くと、ちっとも賢そうじゃなくなるのは、まぁご愛嬌だろう。

ふと、兵士たちの間でささやかれているうわさ話を思い出す。

「まさか……あんたが？」

「え、なぁに？」

「レナート将軍のもとに天から戦いの女神が舞いおりたと、みんなが騒いでいるんだ。彼女にほほ笑んでもらえたら無敵になれると」

アスラン自身はさして興味も持てず、わざわざ女神を見物しに行く仲間たちを『元気だなぁ』と見送っていたのだが……。

「やだっ！　もしかしてくどかれてる？　これが運命の出会いってやつかしら？」

「――絶対、違うな」

アスランは確信した。このおかしな女は女神ではないし、この出会いは運命でもなんでもないと。


夕刻、本陣に戻ってきたマイトがアスランを見舞ってくれた。なぜか、昼間のおかしな女と一緒だ。やけに親しげな様子にアスランの眉間のシワが深くなる。

「え〜。アスランの手当て、クロエがしたの？　やめてよ、僕の大事な部下なんだから」

「アスランって名前なのね。名前もかっこいい！　マイトの部下だったなんて、やっぱり運命なんだわ」

「……クロエはそんなに元気なら、いっそ戦場に出たら？」

マイトはアスランの前でかがんで、彼の負傷した脚に触れた。

「怪我の具合はどう？」

「約束どおり二日で復帰します！」

敬礼してそう答えたが、返ってきたマイトの答えは意外なものだった。

「ううん。やっぱりのんびり休憩してていいよ。もうアスランの出番はないからさ」

「どうしてです⁉」

アスランは思わず語気を強くする。彼に不要と判断されてしまったのかと不安になったのだ。

「この戦、多分もう終わる。レナートさまには道筋が見えたみたいだから」

「あ、そういう意味ですか」

それを聞いてアスランは安堵した。自分が前線にいた朝の時点では戦況は膠着状態だったはずだが、動き出したのだろうか。

マイトが剣の天才ならレナートは戦の天才だ。味方であっても彼の戦術のすべては理解できない。だが、彼が『見えた』と言ったのなら間違いなく勝利をつかめるだろう。これまでもずっとそうだった。

「だからアスランはここでクロエの相手をしててよ」

「いや、それはちょっと……」

命を捧げてもいいと思うほど敬愛している上官の命令でも聞き入れたくなかった。

ている。

クロエが頬を膨らませたとき、周囲がざわめき出した。みなの視線が一点に注がれ

「なによ、失礼ねぇ」

「あ、女神さまのご登場だ」

マイトの言葉に、アスランも吸い寄せられるようにそちらに目を向けた。

今日も凛々しく美丈夫なレナートにエスコートされたひとりの女性。彼女を見たアスランは無意識にゴクリと喉を鳴らす。

歩く姿は優美で淑やかで、とても人間とは思えない。神秘的な紫色の瞳は宝石のように美しく、見つめられたら呼吸が止まってしまいそうだ。透き通る白い肌も月光を閉じ込めたように輝く銀髪も……天から舞いおりたなど嘘くさいと思っていたが、彼女ならきっとそうなのだろう。

彼女がふわりとほほ笑むだけで、全身に力がみなぎるのを感じた。

「女神さま……だ」

アスランは恍惚の表情でつぶやいた。すっかりほうけている彼の頬をマイトがペチッと叩く。

「ダメだよ、アスラン。あの子は将軍の宝物だから。手を出したら首が飛ぶよ」

「ええ、将軍のって……」

がっくりと肩を落としたアスランは、おかしな女――クロエに視線を移す。そして、憮然とした顔で言い放つ。

「本物とは……やっぱり全然違うな」

なぜ彼女を女神かも……などと一瞬でも思ったのか、勘違いにもほどがあるだろう。

「ちょっと！　今のどういう意味よ？」

女神とは似ても似つかないクロエの怒鳴り声を聞きながら、アスランは尊敬していたレナートのことを、初めて妬ましく思ったのだった。

十　恋心

夜中と朝のはざまの、まだ日ものぼらぬ時間にレナートはふと目を覚ました。すぐそばに伏せられた長い睫毛と甘い果実のような唇がある。スゥスゥというオディーリアの規則正しい寝息は、もうすっかり耳になじんだものだ。

――離れがたい。

いつからか、朝が来るたびにそう思うようになった。

彼女と出会ってからふた月ほどが過ぎた。ちょっとした興味本位で連れ帰った異国の女にこんな感情を抱くようになるとは、自分でも想定外だ。

オディーリアは本当に美しい。だが、自分は人間の美醜にはさほど関心がなかった。しょせんは面の皮一枚の話だ。オディーリアの美しさに目がくらんだわけではない。

(どうしてこんなにも心を惹かれる?)

婚約者に裏切られても戦場に放り込まれても、少しも揺らがない強い女かと思えば、失った魔力以外にはなんの価値もないと信じている自信のない女でもある。

その強さをまぶしく感じるし、弱さは守ってやりたいと思う。

この感情は、おそらく恋心というやつだ。

「まずいな……」

レナートはかすかに眉根を寄せた。自分が結婚しないのには、実は理由があった。

執着を恐れているのだ。特別ななにかは、そのまま自身の弱みにもなる。

これまで、レナートは戦に恐怖心を抱いたことがなかった。明確に戦力が劣るときでも、だ。剣の腕にそれなりの自信があることも理由のひとつだが、一番は死を恐れていないからだろう。

戦い、その結果、死んだとしても構わないと思っていた。将軍だろうと一介の兵士であろうと、軍人の人生とはそういうものだと考えていた。

だが、昨夜は初めて戦場に向かうのが怖いと思った。オディーリアがあんな顔をするから……。

(俺が戻らなかったら、オディーリアは泣くだろうか)

彼女を泣かせることは、ある意味で死より恐ろしい。

レナートは彼女の美しい髪を撫で、眠る横顔にそっとキスをした。

「これは執着……だよなぁ」

雪の戦場は平時の何倍も身体に負担がかかる。吹雪になっていないだけマシではあるが、指先が凍りつきそうだった。

レナートのもとにマイトの乗る馬が駆けてくる。

「レナートさま！　すべて作戦どおりに進んでいると各隊から報告があがってます。夕刻までには……すべて終わらせます」

レナートは黙ってうなずいた。マイトには全幅の信頼をおいている。口うるさく指示を出す必要はない。強い風がマイトのふわふわした巻き毛を揺らす。

「吹雪になりますかね」

さすがのマイトも少し不安そうな声で空を仰いだ。

「視界が悪くなるから、十分気をつけろよ」

「はっ」

短く答えて、彼は持ち場へ戻っていった。

悪天候での戦はできればさけたい。だが、今はひくタイミングではないだろう。むしろ急ぎ、一気にカタをつけてしまうべきだ。

その焦りに足元をすくわれた。

早く片づけたいと強く思うあまり、目の前の敵に集中しすぎてしまっていた。

後ろから飛んできた流れ矢の存在をまったく意識できないなど、いつもなら絶対にしないミスだった。

ハッと気がついたときには、もう矢はレナートの右肩を貫いていた。

ずっと降り続いていた雪が夕刻にぴたりとやんだ。兵たちもパラパラと本陣に戻りはじめていた。だが、レナートはなかなか帰らない。

（なにかあったの？）

不吉な予感ばかりがオディーリアの頭をよぎる。

「やっぱり戦は勝ったって！　でも戻ってきた兵たちはレナートさまのことはわからないみたいで……」

情報を聞き出してきたクロエの報告に、オディーリアは肩を落とす。勝利はうれしいが、レナートが戻らないのなら意味がない。

クロエは慌てたように付け足した。

「でもね、でもね。大将の怪我とかの情報って普通はあっという間に広まるんだって。

だから、なにも耳に入ってこないのは無事の証だとみんなも言ってる！」

必死に励ましてくれるクロエにオディーリアはほほ笑んだ。

「そうよね……ありがとう」

「大丈夫よ！　きっともう帰ってくるからさ」

クロエがそう言った瞬間に、前方の兵たちがザワザワと騒ぎ出した。

「おっ、将軍だ！　レナート将軍ばんざーい！　ナルエフ軍ばんざーい！」

そんな声があちこちから聞こえる。兵たちは戦の終わった安堵感と勝利の喜びで興奮気味だ。

「ほら、帰ってきた」

クロエも顔を輝かせる。オディーリアはたまらず駆け出した。

「レナート！」

マイトに肩を借りて歩く彼の青ざめた顔を見た瞬間、言葉を失う。

レナートはオディーリアに気がつき、かすかに口元を緩めた。が、その笑みはこれまで見たことのない弱々しいものだった。

「ごめん、オデちゃん。説明はあとで。怪我してるからあっちの天幕で休ませるよ。アスラン、軍医を呼んできて」

マイトがテキパキと事を進めていく様子をオディーリアは呆然と見つめていた。

天幕内の清潔な寝台にレナートを寝かせたところで軍医がやってきた。彼はレナートの傷を診て、マイトと話し込んでいる。

（大丈夫よね？　大丈夫に決まってる）

オディーリアは組んだ両手をギュッと強く握った。医師が去ったあとでマイトが説明してくれる。

勢いのあった流れ矢が肩を貫通し、重傷のようだ。

「出血がひどいし油断は禁物。でも……わずかに急所は外してるって。運がよかったみたい」

その言葉にオディーリアはようやく息をついた。マイトもホッとした顔をしている。

「……運じゃないぞ。当たる寸前にほんの少し身体を反らした」

苦しそうな声でレナートが口を挟んだ。

「かっこつけたいのなら、完璧にかわしてくださいね。最後の最後で、なに油断してるんですか」

「いつになく厳しいな、マイトは」

「だって……レナートさまの傷は、ほぼすべて僕がつけたものでしょう。一番深い傷が流れ矢ごときとは……これ以上ない屈辱です」

「そうか。それは、すまないな」

レナートの身体にあまたある傷は、戦の最中ではなくマイトとの稽古でついたものらしい。

マイトは憎まれ口を叩いているが、心のうちは主を守れなかった悔しさでいっぱいなのだろう。

クロエがオディーリアに耳打ちする。

「なんかさ、やっぱりこのふたり怪しくない？　流れてる空気、ピンク色だよね？」

オディーリアは美しい主従関係と見ていたが、クロエのフィルターを通すとまったく違うものになるようだ。

「えーっと……とりあえずレナートが生きていてくれたから、それだけで」

「オデちゃん、甘〜い！　心配して待ってた妻を差しおいて、若い男とイチャついてるのよ。もっと怒るべきよ」

「オディーリアとはこのあとたっぷり時間を取るから問題ない」

レナートの言葉にオディーリアは首を左右に振った。

「無事ならそれでいいんです。今夜はゆっくり休んでください。私は邪魔にならないようにクロエと一緒に——」

「ダメだ。そばにいろ」

「でも……」

「急に悪化するかもしれないだろう。そばについていてくれ」

オディーリアが戸惑っていると、マイトが言った。

「レナートさまはイチャつきたいから言ってるんだろうけど、急変はたしかに心配だし一緒にいてあげて。クロエじゃ不安だけど、オデちゃんの看病なら安心だ」

「では、責任を持って看病します！」

「うん。あ、イチャついて無駄に体力を使わせないでね」

「そんなことしません！」

オディーリアが叫ぶと、すかさずクロエがちゃかす。

「え～。しないの？ 勝利の夜なのにもったいない」

「はい、はい。クロエはもうあっち行くよ」

マイトに引きずられるようにして、クロエも出ていく。

天幕のなかで、ようやくレナートとオディーリアはふたりきりになった。

みんなの前ではやはり気丈に振る舞っていたのだろう。ふたりになったら、途端にレナートの容態は悪化しはじめた。

どんどん熱があがり、呼吸は浅く速くなっていく。いくら拭っても、額から流れる汗が止まらない。

「がんばってください。苦しいと思いますが、少しお水を」

オディーリアは布に含ませた水を彼の口元に垂らしてやった。

「あぁ、悪いな」

「しゃべらなくて大丈夫ですから」

血の気の引いた顔を見ていると、不安でたまらなくなる。

もしも、このまま……。考えたくもないことをつい想像してしまう。

(ダメよ。看病する側が弱気になってどうするの！)

オディーリアは必死に自分を奮い立たせ、彼に笑顔を見せた。

「今夜ひと晩の辛抱です。明日にはきっと回復してますよ」

「あぁ、そうだな。オディーリア……」

レナートが小声でなにかささやいた。オディーリアは慌てて、彼の枕元に耳を近づける。

「笛を、お前の笛が聞きたい」

オディーリアはうなずき、懐にしまっていたガラス笛を取り出した。

少し迷ってから、ある曲を奏ではじめた。初めての恋を歌った曲だ。

オディーリアは自身の気持ちを笛の音色にのせた。

レナートがこの曲を知っているかはわからないが、別にそれでも構わなかった。

きっと伝わると、信じている。

甘く、切ないメロディがふたりを優しく包む。

演奏を終えたオディーリアに、レナートはひと言だけ言葉をかけた。

「ぴったりの選曲だな」

オディーリアはほほ笑んだ。

「はい、ぴったりです」

その夜、オディーリアは寝ずの看病を続けた。その甲斐あってか、翌朝のレナートの顔には生気が戻っていた。

「うん。だいぶ楽になった」

「はい！　熱もかなりさがりましたし、頬にも赤みが戻ってます」

「お前も疲れたろう。俺はもう大丈夫だから少し休め」

オディーリアはブンブンと首を振って否定する。

「疲れてなどいません。責任を持って看病すると約束しました。邪魔じゃなければ……そばにいさせてください」

レナートは彼女の手を取り、目尻をさげた。

「では、そばにいろ」

昼過ぎには軽い食事を取り、身体を起こせるまでにレナートは回復した。

「包帯を取り替えてもいいですか？」

「あぁ、頼む」

肩の矢傷は、見ているほうが痛みを覚えるほどだった。

「痛みますか？」

「痛くない、は嘘になるな」

彼は正直にこぼした。

オディーリアは巻き直した包帯の上から傷口にそっと触れる。そして、ゆっくりと唇を寄せた。この痛みを自分がもらうことはできないだろうかと願いながら。

そのまま彼の背に体重を預けた。

「……私、イリムを嫌ってはいなかったんです」

「王太子さまの話か？」

「はい。全然好きでもありませんでしたが、別に嫌いとも憎いとも思っていませんでした」

「あんなにこっぴどく裏切られたのに？」

「裏切られてはいないんです。初めから、互いに信頼などしていませんでしたから」

「なるほど。たしかにそうだな」

レナートは苦笑している。

「で、王太子さまがどうかしたか？」

「ゆうべ、初めてイリムを心底憎いと思いました」

イリムを助けるために、自分は白い声を奪われたのだ。

治癒の魔力があればレナートの傷をすぐに治してあげられるのに。それができない自分がもどかしく腹立たしかった。

「もし、あなたが助からなかったら……どんな手段を使ってでもイリムを殺そうと、そう思いました。自分のなかにこんなにも強い感情があるとは知らなかった」

「お前が看病してくれたから、俺はもう大丈夫だ。そういうわけだから、この話はもう終わりにしよう」

殺すなどと言って不快にさせただろうか。おそるおそる顔をあげると、くるりと身体ごと振り返ったレナートに唇を奪われた。

唇を割って、熱く柔らかなものが侵入してくる。息もできないほどの深い口づけだった。

「お前の口からほかの男の名など聞きたくない」

オディーリアの唇を解放した彼は、そう言って甘い眼差しを注ぐ。

「俺の名前だけを呼んでくれ」

「……レナート」

オディーリアは上目遣いに彼を見つめ、その名を呼んだ。名前を口にするだけで、痛いほどに胸が疼いた。

(この気持ちはきっと……)

「もう一度」

「レナー……んっ……」

名前を呼べと言ったくせに、彼はまたオディーリアの唇を塞いでしまう。絡み合う舌は互いの熱を増幅させる。頭の芯が痺れて、とろけていくようだった。

「……俺は今、矢を放ったカジガル兵が心底憎いな」

「傷が痛みますか?」

　レナートは軽く肩をすくめる。

「いや。この傷のせいで利き腕が痺れていて使いものにならん。これじゃ、お前を抱けない」

　ストレートすぎる彼の言葉に心臓が大きく跳ねた。オディーリアは照れをごまかすように唇をとがらせて言う。

「腕の問題以前に……そういうことはマイトに禁止されています」

「そうだったな。じゃあ、アーリエに戻ってからにするか」

　からりと笑うレナートとは対照的に、オディーリアは真っ赤な顔でうつむいた。

「――そんな日は来ないと思っていたのに」

　彼は驚いたように目を見開いて、それから不敵に笑った。

「そうか？　俺は絶対に来ると思ってたぞ」

　彼の笑顔はいつもオディーリアの心を温かくしてくれる。

（誰かを好きになる。私には不可能なことだと思ってた。だけど……レナートに出会って、これまで知らなかった感情があふれるようになった）

　オディーリアはぽつりとこぼす。

「私は聖女だから、人間らしさは求められていませんでした」

それでいいと思っていた。むしろ、感情を出さずに役目を果たすだけの人生は自分に合っていると信じていた。だけど――。

レナートの優しい手がオディーリアの両の頬を包んだ。

「お前はオディーリアだ。なによりも大切な俺の宝物だ」

「――っ」

目頭の熱さで、自分が涙ぐんでいることに気がついた。泣き笑いでオディーリアは言った。

「人はうれしいときにも涙が出るんですね。私、本当になにも知らない」

オディーリアはレナートに出会ったあの日に生まれたのかもしれない。人間としては、まだまだひよっこだ。彼はオディーリアをその胸に深く抱き寄せながら言う。

「俺も、自分のなかにこんなに純粋な感情があるとは思ってもみなかった。――すぐにでもアーリエに帰りたい」

「では、早く元気になってください」

クスクスと笑いながらオディーリアは答えた。

十一　自覚

　レナートの容態が落ち着くのを待ってから、オディーリアたちはアーリエへ帰還した。

　幸い、彼は順調に回復しており心配していた後遺症も問題なさそうだった。利き腕もきちんと動くようだ。

「なんかすっかり恒例って感じになったよね。オデちゃんのお悩み相談会！」

「もう寒くて中庭には出られないけどね〜。あー、でもやっぱりこうしておやつを食べられる日常は素晴らしいわ。戦はこりごり」

「同感だけど、それだと僕は無職になっちゃうしなぁ」

　マイトとクロエは焼き菓子をつまみつつ、楽しそうにおしゃべりを続ける。平和な日々をうれしく思うのはオディーリアも同じだった。

「戦の後処理でレナートさまやハッシュは忙しそうにしてるけどね」

　ハッシュはレナートの側近として政務を担当しているのだ。

「ねー。今日も誘ったんだけど、ふたりとも王宮に呼ばれてるから無理だって」

「うげっ。僕、王宮はほんと無理〜。あの堅苦しい空気、いるだけで気分が悪くなるよ」

王の住まう王宮はこの城からさほど離れていない場所にあるらしいが、オディーリアは一度も訪れたことはなかった。もちろん、そんな立場にないことも自覚しているので、行きたいとも思わないが。

「でも……今日はあのふたりは、いないほうが都合がよいというか……」

オディーリアがうっかり漏らした本音に、目を輝かせたのはクロエだ。

「え、なになに？　オデちゃんのお悩みはあのふたりには聞かれたくないってこと？」

「いや……その、えっと……」

慌てながらも否定はしないオディーリアの態度に、クロエはにんまりと笑って人さし指を立てた。

「予想その一、うちの兄が小姑みたいでうんざりだから追い出したい」

「そ、それはない。違います」

でも、小姑という表現は妙にしっくりくる気がして、ハッシュには悪いがオディーリアはクスリと笑ってしまった。

『そのドレス、よくお似合いですよ。まぁブルーは殿下の苦手な色ですけどね』

つい数日前にも深い青色のドレスを着たオディーリアにハッシュはそんな言葉をかけた。あとでレナートに聞いたところ『あぁ。なんとなく食欲が落ちる気がしないか?』と言っていた。レナートが苦手なのは青いドレスではなく青い食器だった。

こんな調子で彼がチクチク嫌みを言ってくるのは事実だが、もう慣れた。最初はよほど嫌われているのだろうと思っていたけれど、レナートいわく彼が嫌みっぽいのは生来の性質で直らないから気にしても仕方ないのだそうだ。

「うーん、じゃあ予想その二。レナートさまが怪我しているせいで夜が不満。浮気相手を募集中！ってのはどう?」

「まったく。クロエの話はすぐそういう下品な方向に進むんだから。アスランは清楚な子が好みだって言ってたよ！」

完全におもしろがっているクロエをマイトがたしなめた。クロエといるとマイトがとても常識人に見えてくるから不思議なものだ。

「嘘!? それって、やっぱり脈ありってことじゃない？ だって私、見た目は清楚だとよく言われるもの」

クロエは目をハートにしてクネクネと身体をよじっている。マイトは付き合いきれないといった顔で、深いため息を落とした。

「突っ込む気も失せるけど、一応言っとくと、中身が清楚な子ってことだからね。あと、見た目は清楚って多分褒め言葉じゃないから！」

「う～ん。でも、好みのタイプと好きになる相手は違うとよく聞くし！　問題なしよ！」

「……嫌みじゃなくうらやましいよ、そのポジティブさ。ま、クロエの絶対実らない恋の話はおいといて、オデちゃんの話を聞こうじゃないの」

マイトはオディーリアに向き直る。長い脱線を経て、ようやく本題に戻ってきてくれたらしい。

オディーリアはためらいつつも、口を開いた。

「それが、その……下品な話に戻ってしまうんですが……」

「えっ、本気で浮気相手募集中なの？」

マイトは目を白黒させる。オディーリアは間髪を入れず否定した。

「違います！」

「そう？　なら、よかった～。ちょっと僕、立場的に相談にのりづらいもん」

「じゃ、なんなのよ？　オデちゃんの悩みごとって」

クロエが急かす。

「その……クロエが前に言ってた……話を」

「ええ？　なに、もっと大きな声で！」

「テ、テクニックを、教えてください！」

ちょっと声を大きくしすぎてしまった。三人の間に微妙な沈黙が流れた。

「えっ、あぁ！　床上手の話ね」

クロエはポンと手を打った。オディーリアはコクコクとうなずく。

アーリエに戻ったら……という約束はいまだ果たされていなかった。オディーリアが逃げ腰なのをレナートが察しているからだと思う。

「私、そういうことに自信がなくて……あまりにもがっかりさせたらと思うと不安で」

オディーリアは正直に打ち明ける。こんな悩みを抱えるようになったこと自体、自分でもびっくりしているのだ。

「なるほど、なるほど。話は理解したわ！　でもアドバイスしてあげたくても、私も嫁入り前の乙女だからね～。ここは経験豊富なマイトに聞くのがいいかも」

話を振られたマイトは別の方向に驚いているようだった。

「え、待って。いまだに清い関係だったの？　一緒の寝室を使うようになって、ずいぶん経つよね？　なにしてたのさ、これまで」

マイトもクロエもこの城に部屋をもらって暮らしているので、その辺りの情報は筒抜けだ。

「……笛を吹いていました」

「ふ、笛⁉」

マイトは噴き出しかけたが、オディーリアの真剣な顔を見て必死にこらえている。

「いや……がっかりとかはないよ、きっと。レナートさまはそんなに器の小さい男じゃないでしょ」

「そんなおもしろくもなんともない綺麗事で済ませないで、ちゃんとアドバイスしてあげてよね！」

クロエがすごむ。

「え～無茶だよ！　いくら僕でもレナートさまの趣味までは知らないし」

「……そうですよね。ごめんなさい、馬鹿なことを聞いて」

シュンとしてしまったオディーリアに同情したのか、マイトは慌てて言葉を足す。

「あ！　ひとつだけあるよ。すべての男が間違いなく喜ぶテクニック」

「ど、どんなことですか？」

オディーリアは身を乗り出すようにしてマイトに詰め寄った。

「にっこり笑って……」

「笑って？」

「大好きって言うの。語尾にハートマークをつけることが超重要ポイントだよ！」

「わ、わかりました。特訓してみます」

オディーリアには聞こえない小声で、クロエがマイトにささやく。

「本当はもっと実践的なあれこれを知ってるくせに！」

「具体的なアドバイスなんかしたら、レナートさまが一生口をきいてくれなくなりそうだもん」

マイトはおおげさな仕草で首をすくめてみせた。

◇◇◇

軍事国家であるナルエフの王宮は、きらびやかさとは無縁の堅牢な城だ。国王の住まう正殿までには、何重もの門がおかれている。

最後の城門を抜けて外に出たレナートは、深呼吸をひとつして背を伸ばした。

「しかし、いつ来ても息の詰まる場所だな」

隣を歩くハッシュに思わず愚痴をこぼす。

十四歳で領地を賜り独立するまでは、この王宮で暮らしていた。だが、懐かしさなどはみじんも感じない。いつも一刻も早く帰りたいと思うだけだ。

「即位されれば、ここがあなたの城になりますよ」

ハッシュはけろりとした顔で、とんでもない発言をする。

「上がいるのに、それを押しのけてか？」

「我が国は長子相続ではなく実力主義です。ならば、一番玉座に近いのはレナート殿下でしょう」

「うーん」

レナートは苦笑を返すにとどめた。

自分には五人の兄と、弟がひとりいる。そして、ハッシュの言うとおりナルエフの王位は単純な長子相続ではない。実力重視で、国王と諸侯が指名する制度になっている。つまり、レナートを含む七人の王子全員に次期国王となる可能性があった。

とはいえ、実力以外の暗黙のルールは存在している。たとえば、生母の身分が低い王子が後継者に指名されることはほぼない。

レナートの父、現国王には十二人もの妃がいる。側妃は国王が気に入りさえすればなれてしまうので、七人の王子のうち四人はこの暗黙のルールに引っかかることになる。

もっとも血統がよいのは、正妃の産んだ唯一の子かつ第一王子でもあるバハルだが、彼は生まれつき身体が弱く王位を継ぐのは難しいだろうと言われていた。

「まぁ……順当にクリストフが継げばいいんじゃないか？」

母親の身分、健康な身体、王となるに足る知性。これらの条件がそろっているのは、レナートより三か月早く生まれた同じ年の兄、第五王子クリストフと自分だけだ。

次期国王はふたりのうちのどちらかだろうと目されている。その事実はレナートも認識してはいるが……。

「俺は生涯、軍人でいるのが性に合ってるように思うんだがなぁ」

もちろん好んで他国と争いたいわけではない、民のためにも平和が一番だとは思っている。だが、自分には王より将軍が似合う。

ハッシュがそれを歯がゆく思っていることもわかってはいるが――。

「クリストフ殿下をどうこう言う気はありませんが、ナルエフのためを思うならあなたが王になるべきです」

彼が自分を高く買ってくれていることはうれしい。しかし、その意見に素直にうなずく気にはどうしてもなれない。

「お前も知っているだろう。俺はなににも執着しない人生を送りたいんだ」

理想や野心は執着につながる。レナートはそれが嫌なのだ。だが、王になるにはそれらが必要だ。

ハッシュは悔しそうに、唇をかんだ。

「では、私やマイトにも執着はしていないんですね？　もちろんあの娘にも」

「……あいかわらず、嫌なところを突いてくるな。お前は」

レナートの脳裏にオディーリアのはにかんだ笑顔が浮かぶ。

ハッシュの指摘は腹が立つほどに的確だ。

なににも執着したくない。そう言いながらも、やはりレナートにも大切なものはある。ハッシュやマイトの代わりはいないし、オディーリアも……もはや手放すことなど考えられなくなっていた。

「それと王位とは話が別だ」

レナートは無理やり話を打ち切ったが、ハッシュもしつこく説得しようとはしてこなかった。

彼は知っているからだ。レナートが執着を恐れる理由を。

「クリストフがなぁ……」

つい、こぼしてしまった。彼が信頼できる人物なら、レナートが悩むこともないし、ハッシュだって納得したはずなのだ。

腹違いとはいえ血のつながった兄ではあるが、クリストフには不安が拭えない部分がある。野心が強すぎるのか、自身の利のために部下や兵を使い捨てにするような場面も目にしたことがあった。王の器かと問われると、疑問が残る。

だが、国は王がひとりで治めるものではない。自分は彼に足りない部分を補う役割を担えばいいのではないか。レナートはそんなふうに考えていた。

（いや、これは自分自身への言い訳か？）

「面倒だな」

政治より、戦場で馬を走らせているほうがよほど気楽だ。

レナートは憂鬱な気持ちを抱えたまま帰途に就いた。無性にオディーリアの顔が見たかった。

オディーリアは鏡に向かい悪戦苦闘していた。

「だ、だい……す……き？」

マイトに伝授してもらったテクニックをものにしようとがんばっているけれど、語尾にハートマークは自分には高すぎるハードルだった。

（私よりマイトのほうが、ずっとかわいい気がする）

鏡に映る無愛想な自分の顔に絶望感すら覚える。

（そもそも私は、レナートをす、好きなのかしら）

戦場にいるときはそうなのだろうと思った。でも、日常に戻ってみたら、またよくわからなくなってしまった。経験がないオディーリアには恋愛はすごく難しい。

（それに、レナートだって……側妃は形だけのものだと言っていたし）

もともと、彼は自分を気に入って連れ帰ってきたわけではないのだ。ひとりは妻を迎えたという事実が欲しくて、その相手として都合がよかっただけのこと。

あのときと今と、彼の心情に変化があったのか……考えてみてもよくわからない。

「なにしてるんだ？」

背中に届いた声に、びくりと身体を震わせた。パッと振り返ると、そこにはレナートが立っていた。

「い、いえ！ 別になにも……」

彼は頬を緩ませたが、オディーリアにはその顔がなんだか浮かないように見えた。

「お疲れですか？ 王宮に行ってたんですよね」

「そうだ。カジガルとの終戦の報告にな」

レナートは上着を脱ぐと、ベッドにどかりと座った。そして、手招きでオディーリアを呼ぶ。

オディーリアはそろそろと近づき、ちょこんと彼の隣に腰かけた。

「疲れて見えたか？」

「はい。どことなく……」

「勘がいいな。たしかにひどく疲れていた。だが、お前の顔を見たら回復したぞ」

そう言ってレナートは甘い笑みを浮かべる。その笑顔にオディーリアの心臓は小さく跳ねた。

(こういう現象は恋してるから……なのかしら)

「王宮にはレナートのご両親が？」

オディーリアは尋ねた。そういえば、彼の両親についてはあまり聞いたことがなかった。

きっと両親に愛されて育ったのだろうなとオディーリアは想像した。彼の明るさは、日の当たる道を歩んできたからこそ。そんなふうに見えたからだ。

「国王陛下――父は元気にしていたが、母はいない。亡くなっているからな」

「そうだったんですか？　ご病気で？　あっ、ごめんなさい……立ち入ったことを」

無神経なことを聞いてしまっただろうか。

レナートは気を悪くした様子もなく答える。

「いや、気にするな。話したくないわけではない。お前が知りたいなら、なんでも聞いていい」

「知りたい……です。レナートのことをもっと」

心のままにそう言ってしまってから、オディーリアは自分の発言に驚いた。かつての自分は、こんなふうに誰かの内面に踏み込むことはしなかった。気遣いなどという立派なものではなく、単純に他人に興味がなかったからだ。

でも、彼のことは知りたいと思う。どんな両親から生まれて、どんなふうに育ってきたのか。彼がどのようにして形作られたのか、すごく興味があった。

レナートは小さくうなずき、語りはじめた。

「母が死んだのはずいぶん昔、俺がまだ子どもだった頃だ。まぁ、病気といえば病気……なんだろうな」

彼が語る過去は、オディーリアの想像とは大きくかけ離れたものだった。

「母は父のあまたいる側妃のひとりで……王宮にあがることは母自身が望んだことではなかった」

「嫌だったということですか？」

オディーリアが問うと、彼はうなずいた。

「婚約者がいたらしいんだ。母の望みはその男と結婚して幸せに暮らすことであって、その他大勢の女になることではなかった」

側妃制度はナルエフ特有のもので、オディーリアの故国ロンバルにはなかったものだ。だから想像するしかないが、多くの女性と寵を競い合う生活はなかなかに疲れそうだ。いくら名誉なことでも、本心では嫌だと思う女性がいても不思議はない。

「とはいえ、母は名家の出身だったから、側妃としては十分すぎるほどに厚遇された。父もよく目をかけ、すぐに俺が生まれた。それで母は期待してしまったんだろうな。夢見ていた幸せな家族を、父と築けるんじゃないかと……」

「夢は叶わなかったのですか？」

レナートはそっと目を伏せた。その仕草でオディーリアにも答えがわかった。

「父にとって妃とは、臣下であり自身の大事な武器なんだ。平等に大切には扱うが、誰かひとりを特別に愛することは決してない」

王としては正しい生き方なのだろう。女に溺れて道を失う君主に比べればずっと立派だ。けれど、妻の立場だったら……寂しさとむなしさで苦しくなるかもしれない。

恋や愛に疎いオディーリアでも、その苦悩はなんとなく理解できる。

「母が精神のバランスを崩していたことは、幼かった俺にも感じ取れた。やけに上機嫌かと思えば、次の瞬間にはヒステリックにわめき出したり……」

そんな彼女の耳に、あるニュースが飛び込んできたそうだ。

「母の婚約者だった男は母が王宮にあがった数年後に別の女性と結婚した。その妻が、急な病で亡くなったんだ。ふたりの間には子もいなかった」

「それで、レナートのお母さまは……」

オディーリアは続きを促した。

「やはり彼こそが自分の運命の相手だったと確信したらしい。自分の結婚も彼の結婚も間違いだったと。彼の結婚は妻の死をもって白紙に戻った。あとは自分だけだと」

彼女は自分の結婚も白紙に戻そうとした。

レナートの首に手をかけることで――。

「周囲に人がいるところでの衝動的な犯行だったから、俺はすぐに助けられた。母は王子殺害未遂の罪でとらえられたよ。そして、刑の確定を待たずに牢のなかで狂い死んだ」

実の母親に殺されかけた。その事実を淡々と語る彼に、なんと言葉をかけたらよいのかオディーリアにはわからなかった。

「俺は母の執着心が怖くてたまらなかった。幸せな結婚なんて、形のないものを追い求めて破滅へと向かっていく女が恐ろしかった」

オディーリアはレナートの頭に手を伸ばす。ぎこちない手つきで彼の頭を撫でた。

これまで知らなかったいくつもの感情が湧きあがってくる。

（この人が、愛おしい。いつも笑っていてほしい。幸せにしてあげたい……）

「誰かを愛おしいと、初めて思いました。そんな感情は私には無縁だと思っていたのに」

そう言うと、レナートはふっと笑いながらオディーリアの身体を強く抱き寄せた。

逞しい胸に包まれて、体温がグッと上昇するのを感じた。

（変なの。そわそわして落ち着かないのに、ずっとここにいたいとも思う。レナート

といると、自分が自分でなくなるみたいだ)

彼は低い声でささやく。

「今ようやく、母の狂気が理解できたよ」

「どういうことですか?」

「俺は母のようにはなりたくなかった。なににも執着しないで自由に生きようと思っていた」

自由。その言葉は彼によく似合う。オディーリアは小さくうなずいた。

「あなたらしいです」

「そうだろう。でも、お前に出会ってしまったのは誤算だったな」

彼の言いたいことが理解できず、オディーリアは首をひねった。レナートはクスクスと楽しそうに笑っている。

「どうしようもなく欲しいものに巡り合ってしまうと、人は狂うんだな」

彼はじっとオディーリアを見つめた。

熱っぽく、どこか狂気をはらんだような瞳にとらえられ、オディーリアもまた、瞬きもせずに彼を見つめ返した。

「オディーリア、お前が欲しい。お前を失うことがあれば、俺は狂い死ぬだろう。あの日の母のように」

「それなら……私は決してレナートから離れません」

（あなたには幸せに生きてほしいから……そのために私にできることがあるなら、なんでもしたい）

ドキリとするほど色っぽい彼の顔がゆっくりと近づく。そのままベッドに押し倒された。熱い唇がオディーリアのすべてを奪い去っていく。唇に、首筋に、鎖骨に、彼のキスが止めどなく降り注ぐ。

「ま、待って。レナート」

「もう待つ気はない。戻ったらお前を抱くと約束しただろう」

レナートは唇を重ねることでオディーリアの反論を封じた。

彼の柔らかな舌に心も身体も溶かされていく。

「待って。でも……」

それでも必死に彼にあらがった。オディーリアの粘り勝ちだ。レナートは攻撃の手を止め、彼女の身体を抱き起こした。露骨に不機嫌そうな顔で彼は言う。

「用件は手短にな。そう長くは待てない」

「は、はい。その……えっと……」

はいと言ったくせに、その後の言葉が続かない。

(どう言えばいいんだろう……ごめんなさい?)

レナートは待ちきれないといった様子で、やや乱暴にもう一度オディーリアを押し倒す。

「やっぱり、話はあとでちゃんと聞くから。今は俺に集中してろ」

彼の大きな手がオディーリアの脇腹を撫でた。

「が、がっかりするかもしれないです!」

ようやく出た彼女の言葉に、レナートはぴたりと動きを止めた。

「がっかり? 誰がだ?」

「もちろんレナートがです! 私、マイトとクロエに教えてもらって……がんばって練習してみたんですが、ちっとも上手にできなくて」

レナートはかすかに眉をひそめる。

「マイトに教えてもらって、練習?……なにをだ?」

「その……こういうときのテクニックを」

レナートの表情がみるみる変わっていく。あきらかに怒っている彼を見て、オディーリアはシュンと小さくなった。

（やっぱり上手にできないとダメなんだ……）

「マイトになにを教えられたんだ？　言ってみろ」

「ですから……にっこり笑って」

オディーリアはややひきつり気味の笑顔をレナートに見せる。

「だ、大好きです……」

消え入りそうな声で言って、がくりと肩を落とす。

「ごめんなさい。全然上達しなかったです。マイトみたいには到底できな――」

最後まで言わせてもらえなかった。かみつくような激しいキスに息もできない。角度を変えて何度も何度も、レナートは執拗にオディーリアの唇を求めた。

「ん～」

オディーリアはレナートの胸を叩いて苦しいと訴える。それでも、彼はなかなか放してはくれなかった。

巧みなキスにオディーリアの頬は上気し、瞳はしっとりと潤んだ。

「今のは罰だ。そういう相談を俺以外の人間にするな」

「だって、私の友達はクロエとマイトくらいしか」

会話をしながらもレナートは彼女を甘く攻め立てる。

「次からは俺にしろ。教えてやるし、練習にもいくらでも付き合ってやる」

「んんっ。そ、そんなの……本人にしたら、意味がないじゃないですか」

色っぽい吐息交じりに、オディーリアは訴えた。

レナートに喜んでほしい。彼を失望させたくない。その一心で恥を忍んでクロエたちに相談したのだ。

だが、レナートにその思いは通じていないみたいだ。彼はまだムスッとした顔でオディーリアを見据えている。

「そもそもお前の悩みは無用な心配だ。俺がお前にがっかりすることなど未来永劫、絶対にない」

レナートの唇が触れると、肌が熱を帯びていく。くすぐったくて、もどかしい。こんな感覚を味わうのは初めてだ。

彼はオディーリアの髪をさらりと撫で、極上の笑みを浮かべた。

「お前はいいかげん、もっと自信を持て。この俺が、お前を失ったら死ぬだなどと情けない告白をしたんだぞ。俺にとってオディーリアは唯一無二の女だ」

「そんなに……自惚れていいのでしょうか」

「存分に自惚れろ。相談相手に俺を選ばなかったことは腹立たしいが、マイトのアドバイスは悪くない。さっきのをもう一度聞かせてくれ」

「さっきの？」

「俺を悦ばすテクニックだ。俺のために覚えたのだろう？」

オディーリアはこれ以上ないほどに赤く染まった顔で、彼の首筋に腕を回した。彼の頭を胸に抱き、耳元にそっとささやいた。

「好き。レナートが大好き」

「血のつながりは侮れないな。今の俺はきっと母と同じ顔をしている。お前に溺れて、狂い死にそうだ」

そこから先は彼に翻弄されるばかりで、なにも考えられなくなってしまった。

覚えているのは、彼の体温の心地よさと胸が震えるほどの幸福感だけ。

十二　敵

初めての夜のあとは、レナートはそれまでのもどかしかった時間を取り戻すようにオディーリアを溺愛した。

その夜もふたりは、寝室で甘いひとときを過ごしていた。

「今度こそふたりきりで出かけよう。旅もいいな。誰にも邪魔されず、お前とのんびりしていたい」

「そんなことしたら、またハッシュに嫌みを言われてしまいそう」

クスクスと笑いながら、オディーリアも彼とふたりきりの旅を想像してみた。大海原を船で旅するのも楽しそうだし、どこか静かな景勝地でゆっくりするのも素敵だ。だけど、本当はどこにも行かなくてもいい。彼の隣でこうしていられる時間が一番幸せだから。

そのとき、コンコンと部屋の扉がノックされた。レナートは怪訝そうな顔で短く返事をする。

「誰だ？　今開けるからしばらく待て」

「ハッシュです」

扉の向こうから届いた声にオディーリアは笑う。

「うわさをすれば、ですね」

予想どおりの相手だった。こんな時間にレナートの部屋を訪ねてくる人間は彼くらいのものだから。レナートは軽く身支度を整えてから彼を出迎えた。

ハッシュの話は自分には関係ないだろうと思っていたから、急に自分の名前が出たことにオディーリアは目を丸くした。

「パーティーって私もですか？」

その驚きを受けて、レナートが簡潔に説明してくれる。

「あぁ。国王陛下の誕生日パーティーだ」

「それなら息子であるレナートが出席するのは当然でしょうけど、なぜ私が？」

「お前が出席するのも当然だ。なにせ俺のただひとりの妻なんだから」

オディーリアは困惑した。妻として出席するとは、荷が重すぎやしないだろうか。

（公の場でちゃんと彼の妻の役目を果たせる？）

「あなたの感情は問題じゃない。女神がレナート殿下のそばにいると示すことが重要なのです」

ハッシュの視線は冷ややかだ。本当にクロエの兄なのだろうかと、彼と話をするたび疑問に思う。

「女神って、あんな冗談が王宮にまで広まっているの？」

レナートはオディーリアがロンバル人であることは秘密にしていた。近しい人間以外には、『天から降ってきた』で通しているのだ。もしかしたら、女神の話自体、オディーリアの素性を隠すために考えたことだったのかもしれない。

白い声のことは、クロエやマイトにも話していない。力が戻る見込みもないし、レナートが『ナルエフでは奇異の目で見られることもあるから黙っておけ』と言ったからだ。

この国でのオディーリアは〝素性は怪しいが、薬の知識があり看護ができる女〟といったところだろうか。

ハッシュはオディーリアを一瞥して続ける。

「ここまで話が大きくなった以上は、いっそ女神を利用するのも手だと思っています。だから、あなたには完璧な女神を演じきってもらいたい」

オディーリアは焦るが、レナートは意に介さない。

「そんなに難しく考えることはないよ。戦場の話題をさらった美しい女神を王宮の連中も一目見たがっているんだ」

「でも、女神のうわさはレナートの策略で！」

（本当の私は、もうなんの力も持っていないのに）

「なんでもいいから一緒に来い。俺も綺麗に着飾ったお前とダンスを踊ったりしたいな」

オディーリアの顔に絶望の色が浮かぶ。

「ダンス⁉ 絶対に無理です」


「なんて言ってたわりには、うまいじゃないか」

迎えた国王の誕生日パーティー当日。

優雅なステップでオディーリアをリードしながら、レナートはほほ笑む。

断固拒否を叫び続けていたのだが、結局連れてこられてしまった。

オディーリアはあらためてレナートを見る。

今日の彼は王子の正装をしている。紫紺色のジャケットにも、腰に携えた長剣にも、獅子をかたどったナルエフ王家の紋章が刻まれている。

勇ましい軍服もよく似合うが、こういう品格あるスタイルは彼をもっとも輝かせる。

その証拠に、彼はこの場の視線を一身に集めていた。主役である父王やあまたいる兄王子たちをすっかり脇役にしてしまっている。

オディーリアは彼を引き立たせる淡いラベンダーカラーのドレスを選んだ。といっても、見立ててくれたのはクロエだ。貴族の娘なだけあって、こういう準備はお手のものらしい。

サラサラの銀髪は緩く編み、高い位置でお団子にしてもらった。

間違えないよう注意深くステップを踏みながら、オディーリアは答える。

「レナートのリードが上手なんだと思います。ダンスは本当に苦手だったので」

ロンバルでも一応ダンスの特訓は受けた。王太子の婚約者として必要な嗜みだから。だが、残念なことにダンスの才能はなく、イリムと踊っても下手くそ同士でとても見られたものではなかった。

(……相手が変わるとこうも違うのね)

今日のオディーリアは音楽にのれていた。ターンをすれば、ドレスの裾が咲き誇る大輪の花のようにふわりと美しくひるがえる。

「初めて知りました。ダンスって楽しいんですね！」

音楽が鳴りやみ、軽く息を弾ませているオディーリアをレナートは優しく見つめた。

「俺もお前と踊るのは楽しい。できれば、ふたりきりならなおよかった」

「どうして？　パーティーはにぎやかなほうがよいのでは？」

オディーリアが聞くと、レナートはニヤリとした。

「俺の美しい宝物をほかの人間に見せたくない」

独占欲を隠さないレナートに、ツッコミを入れるのはハッシュだ。

「今日は彼女を見せびらかすのが目的です。忘れないでくださいね」

今日はマイトもクロエも留守番だ。付き添いはハッシュのみ。ハッシュが一緒だと、少し緊張する。粗相をしたら大目玉を食らいそうだ。

「やっぱり、もっと地味な格好でもよかったんじゃないか」

レナートはオディーリアの全身を眺めながら言う。

「手持ちのドレスのなかでは地味なほうだったと思いますが」

ハイネックにロングスリーブ、露出は少なく清楚なデザインだ。

「まぁ、よく似合っているからいいか」

彼に褒められて、オディーリアは照れた。

（相手がレナートだと、どうしてこんなにも心が躍るんだろう）

オディーリアが胸の高鳴りを不思議に思っているところに、ひとりの少年がやってきた。

「レナート兄さま！」

十五、六歳だろうか。面差しにまだ子どもらしさを残している。キラキラした金の髪とレナートと同じ金色の瞳。優しげな表情が育ちのよさを感じさせる。

（華やかな子だな）

「ジルか。元気にしてたか？」

「はい！」

ジルと呼ばれた少年の柔らかそうな髪をレナートはくしゃりと撫でた。ハッシュが横からオディーリアに説明してくれる。

「末の王子、ジル殿下です」

「あぁ、仲がいいという弟さんですね」

ジルはオディーリアに恭しくお辞儀をしてみせた。オディーリアも妃らしく上品に膝を折った。

「第七王子のジルと申します。うわさの女神にお目にかかれて光栄です」

レナートがオディーリアの肩を抱いて、ジルに言う。

「初めて迎えた俺の妻、オディーリアだ」

寄り添う兄夫婦の姿を見て、ジルは楽しげにクスクスと笑う。

「もちろん知っていますよ。兄さまが女性を迎えたことも、その女性がとんでもない美女であることも王都中のうわさになっていますから。ほら、ほかの兄さま方の視線も女神に釘づけでしょう」

ジルが視線で示した先には身分の高そうな男たちがいた。あの一団がレナートの兄王子たちだろうか。

「レナートのお兄さまたち？」

「あぁ、紹介するよ」

レナートはにこやかだが、ハッシュは眉根を寄せ厳しい顔つきになった。それを怪訝に思っていたオディーリアにジルが耳打ちする。

「悲しいですが、レナート兄さまを敵視している者もいます。十分にお気をつけて」

レナートにエスコートされて、オディーリアは兄王子たちの輪に加わった。

「なるほど。こんなにも美しい女神のためなら、兵たちの士気があがるのも納得だ。病と闘う私にも、どうか加護を与えておくれ」

第一王子のバハルは小柄で線の細い青年だった。笑うと糸のように細くなる目も、緩やかに波打つダークブラウンの髪も優しげな印象だ。どこの馬の骨ともわからないオディーリアにも気さくに声をかけてくれた。

（身体が弱いという第一王子さま。たしかに顔色があまりよくない。血の巡りが悪いのかしら）

オディーリアはバハルの手を取ると、祈りの言葉を捧げた。

「殿下に女神の加護が届きますように。それから、冷たいものは控えて温かい食べものを多く取るようにしてみてください」

「ありがとう」

弱々しいバハルの笑顔に胸がチクリと痛んだ。

（祈りの言葉などただの気休めだとバハル殿下もわかっているわ。白い声が……白い声さえ戻れば……病を治してあげられるのに）

「女神をかたる怪しげな女が今度は医師のマネごとか？　バハル兄上、離れたほうがいいですよ。神は神でも、その女は死神かもしれない」

鋭い声で言ったのは、背が高くがっしりした身体つきの男だった。顔立ちもとても男性的だ。彫りが深く、大きなわし鼻が目立つ。

彼はオディーリアだけでなく、レナートにもさげすむような視線を向けている。

（ジル殿下の忠告は、きっとこの人のことだ）

レナートはオディーリアをかばうように彼女の前に出る。そして、男を見据えて静かに口を開いた。

「クリストフ。俺の妻を侮辱しないでほしいな」

クリストフはたしか、第五王子の名だ。

「侮辱じゃない。事実を指摘したまでだ」

クリストフとレナートの間に不穏な空気が流れる。ピリピリとした緊張感がこちらにも伝わってくる。

（……私は女神なんかじゃない、彼の言うとおりだ）

オディーリアは背を丸め身体を小さくした。

「まぁいい。今夜は偉大なる陛下の誕生日パーティーだ。揉めごとはよそう」

クリストフはおもむろにオディーリアに顔を近づける。そして、フンと鼻で笑う。

「化けの皮がはがれぬよう注意しておくんだな」

くるりと踵を返して去っていく彼の背中を、黙って見送った。

「あの人は誰にでもああなんだ。気にするな」

レナートの気遣いの言葉に、オディーリアはこくりとうなずく。

「気にしていません。女神の件は私ではなくレナートの罪です」

「レナートとはあまり似ていないですね」

　そんなふうに言ったのは、レナートに心配をかけないためだ。

　オディーリアは別の人間と会話しはじめたクリストフを観察する。

　クリストフは顔つきも強面気味だが、なによりも態度が威圧的で周囲の人間がビクビクしているのがよくわかる。

「ははっ。たしかにそうだ」

「そうだなぁ。兄弟といっても、みな母が違うしな」

「でも、ジル殿下とレナートはよく似ています」

　ジルの持つ明るいオーラはレナートにそっくりだ。ふたりとも太陽に愛されている。

「そうか？　なら、あいつはあと数年もしたらいい男になるな。お前を奪われないよう気をつけておこう」

　彼は軽口のつもりで言ったのだろうが、聞き流せない発言だった。

「おかしなことを言いますね。よく似ていてもレナートとジル殿下は別の人間でしょう。私が好きなのはレナートで、それは永遠に変わらないことです」

　レナートは瞠目し、口元を手で覆った。耳もほんのり赤くなっている。

　オディーリアは首をかしげて彼の顔をのぞく。

「私は怒っているのに……なぜ赤くなるんですか？」

レナートはパチパチと目を瞬かせる。

「いや。世の中にこんなにかわいい生きものがいるとは……俺が思うより世界は広かったんだな」

「言ってる意味がさっぱりわからないのですが」

クリストフの件を除けば、思いのほか楽しいパーティーだった。

国王陛下に紹介されたときはさすがに緊張したが、レナートが親しくしている人たちは気のいい人間ばかりで会話も弾んだ。大勢の人間とおしゃべりに花を咲かせるなんて、ロンバルにいた頃にはとても考えられないことだった。

だが、「女神、女神」ともてはやされるのだけは気が重くなる。

（クリストフ殿下のように、偽物だと責めてくれたほうがかえって気楽だわ）

『この国では魔力は身近なものじゃない。女神は精神的な支えであって、誰も特別な能力は期待していないよ。お前が戦場でともに戦ってくれる。それだけで十分なんだ』

レナートはそんなふうに言っていた。彼の主張も理解はできる。

（だけど、白い声があればもっと役に立てるのに）

歯がゆく思う気持ちも消すことはできない。

帰り際、ハッシュがオディーリアを呼び止めた。レナートには聞かれたくない話のようだ。

「病により王位継承が不可能なバハル殿下、レナート殿下を敬愛しているジル殿下。このふたりを除いた王子たちは敵だと思っていてください」

「ほかの王子たちも？」

クリストフ以外は友好的に見えたが、違うのだろうか。

「少なくとも、味方と断言はできません。決して油断しないように。あなたの失態はそのままレナート殿下の弱みになることをお忘れなく」

「は、はい」

ハッシュにはうなずいてみせたが、オディーリアの胸は不安でいっぱいになった。魔力を失った偽物の女神、敵国であるロンバルから来た女、地位も名誉も財産もなにも持ってはいない。そんな自分が彼のそばにいて、本当にいいのだろうか。

（役に立たないどころか、足を引っ張ったらどうしよう）

彼のそばにいられるだけで幸せで、先のことなどあまり考えていなかった。だけど、こういう場に出ると、あらためてレナートの地位と立場を実感する。彼はこの国の王子なのだ。

夜、寝室でふたりきりになってから、オディーリアはレナートにある提案をした。

「正妃？」

「はい。やっぱり私みたいな側妃がひとりだけ……ではダメだと思うんです。きちんとした正妃を迎えたほうが」

レナートが別の女性と過ごすところを想像するだけで、心が引き裂かれるようだ。けれど、オディーリアの感情より大切なことがある。

「なぜ急にそんなことを言い出す？　ハッシュにでも入れ知恵されたか」

あきれ顔の彼を、なんとか説得しようとこころみる。

「一国の王になろうというあなたには多くの支えが必要だと思います。私は、そばにいられるだけで十分ですから」

「俺は王になりたいとは思ってないぞ」

レナートはあっけらかんとそんなことを言う。王位に執着しない彼の性格はよくわかるが、ハッシュやマイトは彼が国王になると信じて疑ってはいないし、なによりきっと国民がそれを望んでいることだろう。

「民の声をあなたが無視できるとは思えません。レナートはきっと王になる」

「ま、もしかしたら王になることもあるかもな。けど、王になっても俺の妻はお前ひとりでいい」

「そんな無茶苦茶な」

国王となれば、さすがに正妃が必要だ。それはレナートだってわかっているはず。

「どうしてもというなら、オディーリアを正妃にする」

レナートはにっこり笑うと、オディーリアの身体を引き寄せそのまま強く抱き締めた。ふわりと香る彼の匂いに、胸が甘く疼く。

今のまま、ずっと彼をひとり占めしていたい。浮かんでしまった邪な思いを断ち切ろうと強く頭を振った。

そんなオディーリアの葛藤も知らずに、レナートは頬に優しくキスをする。

「俺はお前にベタ惚れで、ほかの女など目に入らないからな」

「私は真剣に話しているのに。もうレナートなんか知りません！」

オディーリアはレナートの腕をほどくと、ひとり先にシーツにくるまった。

（白い声を取り戻すことはできないかな？）

魔力は必ずレナートの役に立つ。地位も身分もないオディーリアが唯一レナートにあげられるものだ。それに、力が戻れば女神の名も真っ赤な嘘ではなくなる。

（なにも持たないままでは、私はレナートの弱みになってしまう）

思いつめた顔をしているオディーリアの横顔をレナートがのぞき込む。彼にしては珍しく強い口調で諭した。

「オディーリア。おかしなことは考えるなよ。俺はお前がそばにいてくれれば、ほかにはなにも望まない。王位もだ」

オディーリアは彼に背を向けたまま返事をした。

「心配しないでください。なにかしたくても、なにもできないので」

口ではそう言ったが、オディーリアはひそかにある決意を固めた。

（白い声を取り戻す方法を探してみよう）

十三　決意

翌日。オディーリアはいつものようにクロエとマイトとティータイムを楽しんでいた。今日はオディーリアではなくクロエのお悩み相談会だ。

「やっぱりアスランが私の運命の人だと思うの！　どうやって振り向かせたらいいのかしら」

「告白してみたらどう？」

経験値の低いオディーリアには、そんなありきたりのアドバイスしか浮かばない。

クロエは頬を膨らませる。

「もう百回はしたわよ。でも聞き流されちゃって全然ダメ」

「百回もしたら、そりゃ真剣に取ってもらえなくなるでしょ」

マイトは笑うが、クロエは納得いかない様子だ。

「だって好きなんだもの。毎日だって伝えたくなるでしょう。ねぇ、オデちゃん！」

「――うん」

思いがあふれてどうしようもなくなる気持ち、オディーリアにも覚えがある。

「いや、ラブラブ両想いのオデちゃんたちとクロエはちょっと状況が違うよ。クロエはもっと作戦を練らなきゃ」

なんだかんだいってもクロエの味方になってあげるマイトは優しいし、経験豊富な彼の意見が一番参考になりそうだ。

「まずさ、アスランはすっかりオデちゃんの信者になってるから……クロエはオデちゃんを見習うところから始めたらどう？」

「ふむふむ。具体的には？」

「まず看護をきちんとできるようになること。それから……ツンデレぶりを学ぶ！　男はギャップに弱い生きものなんだよ。ずっと『好き好き』言わないで、ちょっと引いてみるといいんじゃないかな」

「ちょっと引いてる間にアスラン、全力で逃げそうだけど」

クロエが肩をすくめて言うと、マイトはコクコクとうなずいた。

「たしかに。その場面が目に浮かぶな」

「ちょっと！　そこは否定してよ」

あいかわらず、ふたりはいいコンビだ。オディーリアはふと思いついた疑問を口にする。

「マイトは、結婚しないの?」

彼がモテ男であることは周知の事実で、妻になりたい女性は多いようだが……。マイトは苦笑して首を横に振る。

「僕はまだいいや。女の子はみんなかわいくて、選べないもん」

「そんな悠長なこと言ってると、誰も来てくれなくなるからね」

「それなら、僕の前にまず君のお兄さんをなんとかしないと! ハッシュの口から女性の話を聞いたこと、一度もないよ?」

「う〜ん、頭の痛い問題ね。でも、私とアスランの新婚生活を小舅に邪魔されたらたまらないし、早いうちになんとかすべきだわ!」

結局、『ハッシュにはどんな女性が合うのか?』『そんな女性はこの世にいない』という話でティータイムは終わってしまった。

帰り際、オディーリアはふたりに切り出した。もっと早く聞こうと思っていたのだが、タイミングをつかめなかったのだ。

「薬師?」

「うん。医師でもいいんだけど、薬に詳しい人の話を聞きたいの」

オディーリアから白い声を奪ったのはなにかの毒だ。

であれば、まずはその道の専門家に聞いてみようと考えた。だが、ナルエフの医師に知り合いはいない。結局、困ったときのクロエとマイト頼りでオディーリアはふたりに相談してみることにしたのだ。

「僕は軍人だから、軍医なら何人か知ってるよ」

「私もこう見えて、実家はそれなりに裕福だから主治医くらいはいるわよ」

「本当？　ぜひ紹介して」

オディーリアが言うとマイトが首をひねった。

「でも、僕らよりレナートさまのほうがいい医師を知ってると思うよ。やっぱり王子さまだしさ」

「たしかに。王宮医師より知識のある医師はいないと思うわ」

「レナートには内緒にしてほしいの！」

オディーリアは懇願した。彼に正直に話してもきっと取り合ってくれないだろう。白い声などなくても構わないと言われてしまうのが容易に想像できる。

「レナートにね、歌を聞かせてあげたいの。だからもとの声を取り戻したくて」

真実を少し混ぜた嘘の理由をふたりには伝えた。クロエとマイトはオディーリアが毒により声をつぶされただけだと思っているから。

「そうなのね～。乙女心ね！　もちろん私は恋するオデちゃんの味方よ」

「かわいい顔に渋い声ってのも、オデちゃんの魅力だと思うけど……でも歌が好きなら歌えないのはつらいよね」

結局、ふたりは知り合いのなかでもっとも薬に詳しい人間を紹介すると約束してくれた。

「ありがとう！」

クロエとマイトと別れ部屋に戻る途中でハッシュとすれ違った。ついさっきまで彼の女性問題を議論していたので、やや気まずい。彼はオディーリアに気がつき、声をかけてきた。

「おひとりですか？」

「はい。今、クロエとマイトと別れたところで」

「ちょうどいい。少しお話ししても？」

オディーリアはうなずき、彼の言葉を待った。

「私は口で言うほど、あなたを嫌ってはいません。ですが、いつまでも殿下のたったひとりの妃であり続けることはおそらく難しい。それは知っておいてください」

オディーリアの表情が曇る。ハッシュは少し言いよどむそぶりを見せたが、覚悟を決めた顔でひと息に告げた。

「レナート殿下はこの国の王になる方です。正妃は大切な後ろ盾にもなる。殿下のお気持ちひとつで選ぶわけにはいかないのです」

「――はい、わかっています」

苦いものが込みあげてくるのをグッとこらえる。

とうに覚悟していたことだ。きちんとした正妃を迎えることに反対したり、ヤキモチを焼くつもりはない。だけど……胸にかすかな不安がうず巻く。

（レナートのもとに立派な正妃が来るのなら……私がいる必要はあるんだろうか）

自分の存在価値に自信が持てなくなる。


そして約束の日。クロエとマイトが上級貴族の主治医を長年務めてきたという老爺のところへオディーリアを案内してくれた。彼はクロエの先生でもあるそうだ。

「クロエお嬢さま。お久しぶりですな」

「うん。私ってば健康だけが取り柄だから、なかなか先生に会う機会がないのよね」

「そうですなぁ。小さい頃からクロエお嬢さまは元気いっぱいで。ハッシュ坊っちゃんはおなかが弱くてよく泣いてたものですが……」

「本当に？　あのハッシュが腹痛で泣いてたとは、かわいい時代もあったんだねぇ」

クロエやハッシュの昔話にはオディーリアも興味があるが、今はそれどころではない。オディーリアは三人の話に割って入った。

「あの、デューモ先生！」

「なにかな、美しいお嬢さん」

「教えてほしいことがあるんです」

オディーリアはイリムの側近に飲まされた毒のことを、できるだけ詳細にデューモに伝えた。

「声を奪う毒、ですか」

「はい。青っぽい液体で、喉が焼けるような強烈な刺激がありました」

「でも、お嬢さんの声は完全には消えていない。不完全な毒だったのかな？」

「いえ。これは、途中で吐き出したおかげだと思います。そのままだったら、きっと声を失っていたはず」

本当は吐き出したのではなく治癒能力を自分に使ってダメージを軽減したのだが、そこは内緒にしておく。

「う～ん。私は長年この世界に身をおいているが、ナルエフでは聞いたことがないな」

「そう、ですか」

オディーリアはがくりと肩を落とした。デューモは申し訳なさそうに付け足した。

「そういった類の毒は医学ではなく魔力の分野かもしれないな。あいにく、この地では魔力は古のものになってしまっていてねぇ。私の曾祖父の時代にはたくさん使い手がいたと聞くんだが……魔力活用のさかんな国もあるそうだから、そこで聞いたほうが手がかりがつかめるかも」

「魔力……」

（そうか。たしかに、あの毒には魔力がかけられていたのかもしれない）

ロンバルでもあまり知られてはいないが、白い声とは真逆の、人に害をなす『黒い声』の力かもしれない。オディーリアに毒を飲ませたのは、イリムが重用している側近だ。

（イリムなら解毒方法を知っているかも。彼と話ができれば、白い声を取り戻せる？）

レナートは魔力を望まないと言ってくれる。白い声のためにイリムに会いたいなど、きっと反対されるだろう。だけど、オディーリアは彼の役に立ちたかった。

（レナートのために本物の女神になりたい……）

やや思いつめすぎていることは自覚しているけど、不安で仕方ないのだ。いつか来るはずの正妃と同じくらい役立つ存在でいないと、彼のそばにはいられない。そんなふうに考えてしまう。

城の部屋に戻ると、ふかふかのベッドにお尻を沈めながら「う～ん」とうなった。レナートはまだ執務から戻っておらず、ひとりきりだ。

イリムは二度と会いたくない相手だが……ほかの方法が思い浮かばない。

(それに、どうやってイリムに会うかも問題よね)

ここは、ロンバルからはあまりにも遠い。ひとりで気軽にロンバルを訪ねることはとてもできない。レナートがダメだからといって、これ以上はマイトとクロエにも頼れない。

「なぜ浮かない顔をしている？ 愛する夫が帰ってきたというのに」

集中して考えていたせいで、レナートが部屋の扉を開けた音にオディーリアは気がつかなかった。彼は背後からオディーリアを抱き締めると、うなじにそっとキスを落とした。

「あっ」

レナートは思わず甘い声を漏らしたオディーリアの顎を持ちあげ、今度は正面から口づけをした。角度を変えてキスは幾度も繰り返される。性急で、少し強引だった。

「なにかあったんですね」

オディーリアはレナートの身体を押し返し、探るような視線を向ける。

レナートは苦虫をかみつぶしたみたいな顔でぼやく。

「お前は、嫌なところで勘が鋭いな」

「いつも見ているから。レナートの様子がおかしいことくらいわかります」

「かなわないな」

レナートは細く息を吐く。

「あまりうれしくない知らせがある」

オディーリアはなにも言わず彼の言葉の続きを待った。

「また戦だ。相手は……ロンバルだ」

苦しげな顔で声を絞り出すレナートを気遣うように、オディーリアは軽くほほ笑む。

「前にも話したとおり私は故国になんの思い入れもない薄情者です。だからレナートが気に病む必要はありません」

もちろん生まれた国を嫌っているわけではない。ロンバルは気候に恵まれた豊かな国だ。あの美しい国土が荒れ果ててしまうところはできれば見たくない。

それに……戦になれば、またレナートが傷をおうかもしれない。それがたまらなく怖くもある。

（でもレナートは将軍だもの。彼のそばにいたいなら、覚悟を持たないと）

レナートの話によると、戦地となるのはロンバルでもナルエフでもなく、二国間の国境付近にある小国ティラだという。

「小国ながらずっと独立を保っていた国なんだが」

「ティラは知っています。小さいけれど歴史のある国だったのに」

とうとう、どちらかの傘下にくだらなくてはならないときが来たのだろうか。ティラの運命に思いをはせながらも、オディーリアの頭には別の思惑も浮かんでいた。

（今度の戦いにイリムは出てくるだろうか）

彼はプライドが高い。前回ナルエフに敗れたことを汚点と思っているはずだ。雪辱を果たすために、この戦にも出てくるかもしれない。そうであれば、オディーリアにはまたとないチャンスだ。

（イリムから毒のことを聞き出せるかも！）

オディーリアは早速レナートに頼んだ。

「私もティラに行かせてください。女神が従軍すれば、兵たちの士気も高まると思います」

「いや……お前が来てくれるのはありがたいが、妙にやる気だな。なにか裏があるのか？」

「そ、そんなことは！」

彼にすべてを見透かされてしまいそうで、オディーリアはサッと顔を背けた。

（レナートには内密に進めないと）

反対されると困るというのが一番だが、あんなやつとはいえ一応イリムは元婚約者なのだ。レナートからすれば、いい気分ではないだろう。

レナートには内緒でロンバル軍の情報を探ろう。オディーリアはそう決意した。従軍さえできれば、兵士たちから話を聞くのは簡単だ。

「なにを考えている？」

レナートはオディーリアの細い腰を引き寄せ、そのまま胸に抱き締めた。

「俺といるときは俺だけを見てろ。ほかのことなど、考えるな」

冗談とも本気ともつかない口調で言って、彼はコツンと額を合わせた。

「レナートがこんなに嫉妬深いとは……意外な一面ですね」

オディーリアはクスリと笑って彼の目を見る。

彼の嫉妬心や独占欲はくすぐったいが、うれしくもある。レナートに出会って初めて、愛される喜びを知った。誰かが自分を必要としてくれる。それがこんなにも、心と身体を満たしてくれるなんて。

イリムに会いたい理由は、レナートのそばにいたいからだ。

オディーリアはレナートのことしか考えていないのに……彼はそこには気がついていないようで、今オディーリアの頭を占めているものに激しく嫉妬している。

むくれた顔で彼は言った。

「自分でも意外だったさ。お前は特別だ。みっともないほどに執着して、片時だって手放したくない」

レナートはオディーリアの耳朶を食み、舌を這わせた。耳が弱いオディーリアは甘い声を漏らす。

「んんっ」

「もっと聞きたい。お前の声はやみつきになる」

しわがれて醜いこの声さえも彼は愛してくれる。幸せで、なんだか怖いくらいだった。

「レナート」

潤んだ瞳で名前を呼ぶと、彼は満足げにうなずいた。

「あんなに初心だったのに、すっかり淫らになって」

「だ、誰のせいだと……」

羞恥に頬を染め、キッと彼をにらみつける。

「初心だった頃もよかったが、今はなおいい。俺が教えたとおりに反応するオディーリアはかわいくて、愛おしくて、たまらない」

熱いキスがオディーリアに降り注ぐ。

「愛してる、オディーリア。永遠に」

彼の温かい胸のなかで、優しい夢を見た。

自慢の美しい声でオディーリアは歌う。かたわらでは、レナートが目を閉じそれに聞き入っていた。

十四　すれ違い

ティラは緑豊かな美しい国だった。ロンバルとも違う、ナルエフとも違う、牧歌的な風景がオディーリアの目を楽しませてくれる。長い列を作って進む軍の姿がなければ、ここがこれから戦場になるとは誰も信じないだろう。

「こんなに綺麗なところなのに」

馬上で揺られながら、オディーリアは思わずつぶやく。言ってしまってから、ハッと口をつぐんだ。隣にいるレナートだって、好んで他国の領土を荒らそうとしているわけではない。彼は誰よりも戦上手だが、心から平和を愛している。

「ごめんなさい」

無神経な発言を詫びたオディーリアに、レナートは気にするなと言うように首を横に振った。

「いいんだ。むしろ、正直にそう言ってくれる人間をそばにおきたい。俺のしていることは残虐非道な行為だ。それを忘れて麻痺するようじゃ困るしな」

言葉に詰まる。残虐非道ではないと嘘をつくことはオディーリアにはできなかった。

レナートを愛している。将軍の責務をまっとうする彼を誇らしいとも思う。でも、戦は戦だ。

レナートが絶対に正義だとは言えない。

難しい顔でうつむいてしまったオディーリアにレナートはにこりと笑ってみせた。

「俺はお前のそういうところがものすごく好きだ。ずっと、そのままでいてくれ」

「はい」

レナートはこうやって簡単に自分の心を軽くしてくれる。自分も同じようにしてあげたいのに、生来から不器用なうえ、これまでまともな人間関係を築いてこなかったオディーリアには至難だ。思わず自己嫌悪のため息を漏らす。

「私、レナートみたいな人間になりたいです」

それを聞いたレナートは困った顔で首をひねる。

「俺は自分に似た女など好きにならないぞ。絶対にやめてくれ」

「きっとモテると思いますけど」

もしレナートが女性だったら、自分なんかよりずっと魅力的で、周囲の男性たちを虜にすることだろう。

レナートは真顔で言う。

「お前も俺にモテているだろう。それじゃ不満か？」

「不満じゃ、ないです」

（なんだか話が大きくそれちゃったな。レナートみたいに強く優しい人間になりたいって意味なのに）

少しでも彼に近づきたい、ふさわしい女性になりたいと思う。

レナートに出会って、自分は欲深くなった。夢、理想、希望……ロンバルにいた頃は考えもしなかったことを、思い描くようになった。

（白い声を取り戻してレナートを助けたい。そして、ずっと彼の隣に――）

レナートがいくら『そのままで』と言ってくれても、湧きあがるその思いを無視できない。向上心というよりは、きっと焦燥感に近いものだ。

宿営地で荷をおろすと、レナートたちはすぐさま前線へ向かう。オディーリアやクロエは後方支援の兵たちと合流する。

今回の戦は規模が大きい。厳しい戦いになっているのか、レナートは前線に出たきりで本陣に戻ってこない日も多くなった。オディーリアも負傷兵の看護に忙しい。

（戦況はどうなんだろう。ロンバルの指揮官のなかにイリムはいるかしら）

　比較的軽傷の兵たちに声をかけ、状況を聞いてみた。

「前線の様子はどうですか？」

「女神さま！　大丈夫ですよ。たしかに兵の数は向こうが上ですが、レナート将軍の戦術の前になす術もないようです」

「ええ、そのとおりです。ロンバルは今も大国ですが、以前ほどのパワーは感じません。我々ナルエフの時代はすぐそこですね！」

　彼らはもちろん、オディーリアの故国がロンバルであることを知らない。素直な意見を語って聞かせてくれた。

（たしかに。今の国王が倒れたらロンバルの衰退はもう止められないだろう）

　なにせ次の王はあのイリムなのだ。政治・軍略・人望・知性に教養、どれを見ても彼がレナートの相手になるとは思えなかった。ふたりを間近に見てきたオディーリアにはそれがよくわかる。

「こう言っちゃなんですが、ロンバル軍の大将はあまり有能ではなさそうです」

「向こうの総指揮官はどんな人物ですか？」

　さりげなく聞き出そうと思っていたのだが、ついつい声に力が入ってしまう。だが、彼らはオディーリアを不審に思ったりはせず持っている情報を明かしてくれた。

「王子さまだって話ですよ。戦歴は優秀とのうわさですが……」

(やっぱりイリムが来てるのね!)

ロンバルの王子は彼ひとりだ。戦歴が優秀なのはオディーリアをはじめとした強い魔力の持ち主を彼が多く抱えていたからであってイリム個人の能力ではないが……。

「そのロンバルの王子はどの辺りにいるのかしら? 前線に出ている様子?」

彼らから聞き出した情報を総合すると、イリムは今回もロンバル軍の本陣の奥深くにこもっていて戦場には出てきていないようだ。

「ふぅ。イリムの剣はただのアクセサリーだものね」

昔からそうだった。本人は巧妙に隠しているつもりのようだが、彼はそもそも身体能力が高くない。騎馬技術も剣の腕もイマイチだ。

予想どおりではあったが、オディーリアは頭を抱えた。ロンバル軍の奥にいる彼と話をするのは難しそうだ。ロンバル兵は自分を覚えていて迎えてくれるかもしれないが、そこにたどり着くまでにナルエフ兵に見つかってしまう。この状況でロンバル側と接触しようとすれば、スパイだと疑われても文句は言えない。そうなれば、レナートの責任問題にもなる。

『あなたの失態はそのままレナート殿下の弱みになる』

いつかのハッシュの言葉を思い出す。今回の戦にはクリストフも出てきている。レナートの評判を落とすようなマネは絶対にできない。

（でも、イリムはすぐ近くにいる。なんとか策を考えれば……）

「どうしたのよ、オデちゃん。怖い顔しちゃって」

　クロエがオディーリアの顔をのぞき込む。

「ごめん。なんでもないの。それよりクロエは大丈夫？　疲れてない？」

「全然！　さっき、アスランに包帯の巻き方がマシになったと褒められたのよ。オデちゃんから戦場の女神の座を奪っちゃう日も近いかもしれないわ」

オディーリアの口元が自然と緩んだ。いつも、どんなときでも明るいクロエを心から尊敬している。

「うん。女神の名前はクロエのほうがふさわしいわ」

だって、彼女は白い声などなくてもみんなを元気にできる。オディーリアからすれば、それは魔力よりずっとすごい力に思えるのだ。

（レナートがいつも言うように、魔力がなくてもできることはあるのよね）

　褒めたつもりだったのに、クロエはなぜか不満げに唇をとがらせている。

「そんな！　寵を競う相手がいなくて物足りないオデちゃんに女の戦いを提供してあ

げようと思ったのに～。ね、私と女神の座を巡ってバチバチしようよぉ」

「そんな展開、誰も求めてないと思う……」

クロエはいつでもどこでもあいかわらずだ。

「やだ～。オデちゃんが大人の女になっちゃってる。つまんなーい！」

くだらない話を延々と続けるクロエを無視して、オディーリアは兵たちの看護に戻った。

（でも、クロエは本当にすごい。私も今は自分にできることをしっかりやろう。それがレナートのためになる）

クロエのおかげで少し冷静になれた。

イリムには会いたいが焦りは禁物だ。レナートやナルエフ軍に迷惑をかけない方法を考え、チャンスを待とう。オディーリアはそう決意した。

小高い丘の上からレナートは戦場の全容を眺める。こうして見ても、ナルエフが圧倒的に押しているのはたしかなようだが……かすかな違和感を拭いきれない。思い描

いている絵と微妙なズレがあるのだ。

「どう思う？」

　マイトに意見を求めた。

「前回の負けがあるからか、今回はロンバルも本気ですね。単純な兵数ではこちらが劣りますし、ひと筋縄ではいかない感じかと」

「あぁ。魔力の使い手はやはり厄介な存在だな」

　これまでは少数精鋭の彼らを多数の兵で圧倒するという攻め方をしてきたが、兵数で劣る今回はその作戦を使えない。彼らにばかり戦力を割くわけにはいかないからだ。

「それに、我々のほうも……いつもどおりとはいかないですしね」

　マイトは戦場の端に視線を向けながら言った。彼が見ているのは諸侯から借りている兵の一団だ。

「それなんだよな」

　レナートも同意する。ロンバルは強敵に違いないが、違和感の原因は自軍にある気がした。

（相手じゃない。問題があるのはこちらだ）

　今回のように規模の大きな戦では、レナートの直属軍だけでは戦えない。ほかの王子や諸侯たちの軍とともに戦うことになる。兵数が増えるのはありがたいことだが、いつもと指揮系統が変わると兵たちは混乱するし、難しくなる部分もある。

「開戦前の練兵はどうだった？　気になるところはなかったか？」

練兵とは兵の訓練のことだ。つけ焼刃ではあるが、マイトの指揮で借りてきた兵たちも一緒に行っていたはずだ。

「そうですねぇ。あ、部下のひとりが『一歩遅れる、どんくさい集団がある』と言ってましたね。他軍に交ざるのに慣れてないのであれば仕方ないかと思ってましたが」

開戦直後にはよくあることではある。だが、今の話が心に妙に引っかかった。

「その一団を見たい。案内してくれるか？」

「レナートさま自らが指導するほどの重要部隊ではないですよ〜」

それでも、レナートが馬に飛び乗るとマイトもついてきた。

「あの辺りで戦う者たちですね。あれ、でも……諸侯の兵ではなさそうだ」

マイトが示した一団をレナートはじっと観察する。たしかに動きが鈍い。

（不慣れというより、やる気がないといった感じだな。——ん？）

ある事実にレナートは気がつく。

「マイト。ちょっと彼らと同じ動きをしてみてくれ」

マイトは言われたとおりにレナートの前で剣を振る。そして、「あっ」と声をあげた。彼も気づいたようだ。

「見にきてよかった。俺は一度本陣に戻るから、あとは頼む」

「え～っと、彼らはどうしますか？」

マイトは例の一団に視線を向けながら聞く。

「歓迎のディナーでも振る舞ってやろう」

マイトならこれで理解してくれるだろう。馬首を返したレナートの背に彼からの返事が届く。

「は～い、了解」

◇◇◇

珍しく、まだ日が落ちる前に本陣に戻ってきたレナートにオディーリアは声をかける。

「早いですね」

「すぐに対処しなくてはならない案件ができた」

どんな件なのか気になったが、急いでいる様子の彼から時間を奪うわけにはいかない。オディーリアはなにも聞かないでおいた。すると、彼のほうから質問をされた。

「あの元婚約者……以前、あいつの手は俺とは違うと言ってたよな？」

「イリムのことですか？　彼は王太子という立場上、軍を率いることがありますが……剣の稽古は嫌いだったので」

彼の手は傷ひとつなく、美しかった。レナートはニヤリとする。

「思ったとおりだ。戦には出てきても、なにも見ていないんだな」

レナートの言いたいことはよくわからなかった。というより、オディーリアはほかのことが気になってしまった。

（レナートはイリムに会ったの？　ということは彼も前線に出ている？）

「イリムに会ったのですか？　彼はどの辺りに？」

矢継ぎ早に質問してしまった。オディーリアの焦った様子に、レナートは目をパチパチさせる。

「直接対面したわけではないが……オディーリアがなぜ、そんなにあいつを気にかける？」

「えっと、気にかけているわけではなく」

視線が泳ぐ。

白い声を取り返すために彼に会いたい。そう正直に話してみようかとも思ったが、やっぱりやめた。レナートはきっと反対する。

「……あいつが心配なのか？」

レナートはオディーリアの頬をつかみ、自分のほうを向かせた。

射貫くような彼の眼差しは痛いほどだ。オディーリアは口ごもる。心配などという殊勝な気持ちはまったくないが、イリムに死なれては非常に困る。生きて話せる状態の彼に会いたいのだ。解毒方法を教えてもらうために。

「心まで縛る気はないが……それでも、あの男を思うお前を見ていたくはないな」

なにか誤解をさせてしまっただろうか。彼はオディーリアに背を向け、離れていった。

後ろ姿が少し怒っているように見える。

「あぁ……違うのに……」

追いかけるべきか迷ったが、「イリムのことなど気にしていない」と言ったら嘘になる。レナートに嘘をつくのも嫌で、オディーリアは結局弁明をしなかった。

この場にマイトがいればよいアドバイスをしてくれたのだろうけど……彼はまだ前線から戻っていない。

（仕方ない。白い声を取り戻してから、正直にすべてを話して怒られよう）

ここは戦場で、レナートとの恋にばかりかまけているわけにもいかない。

十五　後悔

オディーリアがレナートに誤解され困っているのと時を同じくして、ロンバル軍宿営地にあるいやに豪華な天幕のなかでイリムは怒鳴り声をあげていた。

「負傷兵がまだ戻れない？　どういうことだ？」

一般の兵たちからは不満の声があがっていたものの、今回の戦ではロンバルの総大将となったイリムはイラ立ちを隠せない様子で、不愉快な報告をしてきた部下をにらみつける。

彼は平伏し、おそるおそる口を開いた。

「で、ですが……ナルエフ軍は強く、負傷兵は増えるばかりです。重傷者も多く、イリム殿下のおっしゃる人数を集めるのはそう簡単では――」

「ふざけるな！　白い声の聖女はなにをしてるんだ？　兵の怪我くらい、すぐに治せるだろうが」

イリムはますます激昂するが、部下は気まずそうに視線をさまよわせた。

「聖女さまはよくやってくださっています。しかし、あの数の兵の治療にはもう少し時間がかかるかと」

「無能だな！　新しい聖女と取り替えられないのか？」

「で、ですが殿下。魔力が弱いと、前の聖女さまを追い出したばかりです。聖教会も次はないとおっしゃっていましたし」

イリムの眉はつりあがり、額には青筋が浮いた。彼はチッと舌打ちして吐き捨てる。

「クソッ。聖女も聖教会も、使えない者ばかりだな」

「お、お言葉ですが……オディーリアさまが特別だったのです。彼女ほどの治癒能力の持ち主は国中どこを探しても見つかりません」

イリムは意外な話を聞いたとばかりに、小首をかしげた。

「あいつがぁ？」

「は、はい。オディーリアさまを失ったのは、我が軍にとってあまりに大きな損失です！」

「うるさいな！　あいつはもういない。とにかく、なんとかして兵を集めろ」

部下は逃げるようにして天幕を出ていく。

イリムはガリガリと爪をかんだ。

（すべてがいまいましい！　オディーリアを捨てたのが失敗だっただと!?）

「イリム殿下」

　出ていった部下と入れ違いに別の部下が入ってきた。生意気なさっきの男とは違い、イリムがもっとも重用している側近のジオルドだ。機転のきく男で、オディーリアをナルエフに引き渡す前に彼女の声をつぶしてくれたのも彼だった。

「あぁ、ジオルドか。まさかお前は不愉快な報告などしてこないだろうな」

　イリムの言葉に彼は薄く笑む。

「私のは朗報ですよ」

　彼の話を聞き終えたイリムは満足し、ゆったりと椅子の背もたれに体重を預けた。

「作戦どおりか。あの男の断末魔が楽しみだな」

「ナルエフの王子はよほど弟が憎いのでしょうね」

「コソコソと情けない男だがな。でも、こっちにはありがたい話だ。あの男を殺すだけでティラが手に入るんだから」

　イリムはぺろりと舌舐めずりをする。

（ひざまずかせて、命乞いをさせるのもいいな）

　考えるだけで気分が高揚する。自分に屈辱を与えた、いけ好かない男にこの手でとどめを刺すのだ。

「潜入させた駒たちがそろそろ動き出す頃か？」

「ええ、必ず将軍レナートをとらえてくることでしょう」

ナルエフ軍のなかにスパイを潜ませることは、あちらからの提案だった。イリムは腕自慢の兵たち十数名をナルエフへ送った。あとは向こうの采配で、スパイはレナートの懐深くに入り込んでいるはずだった。

「では、私はこれで。万事、作戦どおりに進めますので」

頭をさげ退出しようとする彼を引き止めた。

「待て、ジオルド。お前にもうひとつ仕事を頼みたい」

「はっ。なんでしょうか」

「オディーリアだ。あれがナルエフでどうしているのか探れ」

ジオルドはいぶかしげに眉をひそめた。

「魔力を失った彼女が今も生かされているとは到底思えませんが……あれは特殊な毒で、そう簡単に解毒剤を作ることもできませんし」

声も出せなくなった、敵国の王子の元婚約者だ。たしかに厚遇される存在ではない。

「だが、あれだけの美貌の女はそうはいない。慰み者として生かされている可能性もゼロではないだろう」

（オディーリアを手に入れるために、あの男は三万デルも払ったのだ。下心があったと考えるほうが自然じゃないか？）

「まぁ、たしかに」

「あれが生きているなら取り戻せ。かわいげのない女だが、俺の輝かしい戦績のためにはまだ必要だったらしい」

毒を作った黒い声の使い手はイリムの配下にいる。解毒剤はすぐに用意できるのだ。オディーリアが戻ったなら、白い声を返してやってもいい。イリムはそう考えた。

「しかし、オディーリアさま本人が言うことを聞くとは……いえ、余計なことを申しました」

うっかり口をすべらせたジオルドは、急いでイリムに詫びた。部下の口答えをイリムはなによりも嫌っているが、今はそう腹も立たなかった。ジオルドの心配は杞憂だからだ。

「大丈夫。オディーリアは綺麗なだけの人形だ。自分の意思などない。言われるがまま動くはずだ」

自分を捨てた男のもとでもう一度働くなど、普通の女ならばたしかに拒絶するだろう。だが、オディーリアは普通じゃない。人間らしい感情など持たない女だ。そこが気味悪くもあり、便利なところでもある。

「では、戦場で情報を集めてきます」

イリムはクックッと肩を揺らして笑う。

「生きてるのなら、返してもらうぞ。もともと俺のものだしな」

ジオルドはやはり頼りになる。翌日には、彼は戦場で有益な情報を得て戻ってきた。

イリムは椅子に深く腰かけたまま、話を聞いた。

「そうか。やはり生きていたか」

もたらされた吉報にイリムは相好を崩す。

「はい。ナルエフ軍で戦場の女神と評判になっている女がいるようなのですが、その者がオディーリアさまかと思われます」

「女神？」

イリムは自身の顎を撫でながら、はてと首をかしげた。

「あいつの白い声は奪ったのだろう？」

実際、イリムが最後に会ったときの彼女は声を発していなかった。

ジオルドも困惑気味の表情で話を続ける。

「ええ。そのはずなんですが……」

「まさか、白い声を失っていなかったのか」

　イリムは声を荒らげる。手放したのは失策だったかと後悔しているあの力が、ナルエフに渡っているとは考えたくない。

「いえ、それはありえません。魔力の話は出てきませんでした。なんでも、優しい笑顔に癒やされるなどと捕虜のナルエフ兵たちは申しておりまして」

「笑顔？」

　イリムの知るオディーリアにはもっとも無縁な単語だ。いつも無表情で笑いもしなければ、怒りも悲しみもしない。オディーリアは本当に人形めいた女だったのだ。

　イリムはジオルドの話を疑いはじめる。

「その女神とやらは本当にオディーリアなのか？　まったくの別人じゃないだろうな」

「私も最初はそう思ったのですが、銀の髪に紫水晶の瞳を持つ絶世の美女。女神とやらの話を聞けば聞くほど、オディーリアさまとしか思えず……」

　銀髪は希少だ。ロンバル人にもナルエフ人にもほとんど見かけない。

「まぁいい。この戦に勝利するのは俺だ。そうすれば、その女神とやらも俺のものになる」

女の正体は、レナートを殺したあとでじっくりと確かめればよい。

イリムはそう考え、今の最重要事項――レナートの喉元に放ったスパイの動向へと話題を移した。

「あいつらからはまだなんの報告もないのか。そろそろあの男をここに連れてくる手筈になっていただろう」

「そうですね。ですが、怪しまれぬよう連絡は必要最低限と言いつけましたから。連絡がないのは首尾よく進んでいる証かと……」

「だといいんだがな」

イリムは横柄な仕草で足を組み替えた。次の瞬間、イリムの天幕に数十名の兵がなだれ込んできた。ジオルドがイリムを守ろうと前に歩み出る。彼は乱入してきた兵に短く叫ぶ。

「止まれ！　我が軍の鎧だが……まさかナルエフ兵か？」

ジオルドは虚勢を張っているが、ここまで踏み込まれた以上自分たちが不利であることは察しているだろう。もちろんイリムもそのくらいは理解している。

ロンバル軍の鎧を身につけているが、彼らはどこか異質な空気をまとっていた。が、攻撃をしてくることはなく、ひとりが口を開いた。

「ご心配なく、イリム殿下。我々はあなたの味方です」

その言葉にイリムとジオルドは安堵した。手を組んでいるナルエフの王子の使いだろうと理解したのだ。

「では、ナルエフの王子の？」

ジオルドの問いに彼らはうなずく。

「えぇ、そうです。私たちは殿下の使いです。実は作戦を変更せざるを得ない事態になりまして――」

「なにがあった？」

イリムも椅子から立ちあがり、彼らに近づく。

「それがですね」

「ん？」

話をしている背の高い男の後ろから小柄な兵士がピョンと飛び出してきて、短剣の柄でイリムのうなじをひと突きした。事態を理解できないままにイリムは膝から崩れ落ちる。

「ひぃ。イリム殿下」

驚いたジオルドは腰を抜かして尻もちをつく。

「な、お前たちは何者だ？」

イリムを仕留めた小柄な兵が顔をあげて、にこりと笑った。

「ナルエフのレナート殿下の側近さ。嘘はついてないでしょ」

「マイト隊長。悠長におしゃべりしてる暇はありません。ここは敵陣。さっさと引きあげましょう」

「はいはい。真面目だなぁ、アスランは。じゃあ、ちょっとごめんね」

そう断りを入れてから、マイトはジオルドのうなじにもひと突きお見舞いし、彼を失神させた。

十六　明かされた真実

事件が起きたのは昨日の夕食後だった。戦場の簡素な食事を済ませた兵のうち十数名が腹痛を訴え、苦しみ出したのだ。

「でも、やっぱり変よね。悪くなりそうな食材はなかったし、同じものを食べてもピンピンしていた兵もいるのよ」

クロエが首をひねるが、オディーリアにも答えられない。おなかの強さには個人差があり、元気な者とそうでない者が出るのはおかしいことではないが……腹痛を訴えたのは全員同じ隊の所属なのだ。どうも不自然だ。

「ロンバル側の計略？」

「それなら、全員が苦しむように仕向けるんじゃないかな」

十数名を戦線離脱させても、大きな益になるとは思えない。

「謎だねぇ。でもまぁ、命にかかわる症状ではなかったのが救いね！」

「そうね」

クロエの言うとおり、兵たちは快方に向かっている。

（リュズの薬草を飲みすぎてしまったときの症状に似てるのよね）

リュズは万能薬だが、健康な身体で摂取しすぎるとかえっておなかの調子を悪くしてしまうのだ。

彼らの看病を続けていたところに、レナートがやってきて手招きでオディーリアを呼ぶ。

「ちょっと、こっちに来てくれないか？」

人目をさけるためなのか、レナート専用の天幕に移動してから彼は話し出した。

彼の話は予想もしていなかった内容だった。

「ええ？　ゆうべの食中毒はレナートの仕業だったの？」

オディーリアの想像どおり、リュズの薬草が彼らの食事に混ぜられていたらしい。

「自軍の兵にそんなことをするなんて、いったいどうして？」

頬を膨らませ、珍しく怒りをあらわにしたオディーリアに、レナートはけろりと言葉を返す。

「あいつらはロンバル兵だよ」

オディーリアは言葉を失った。

（ロンバル兵ということは……スパイみたいなもの？）

だから、レナートは薬草を使って彼らの動きを封じたのだろうか。

「でも、そんなこと可能なの？　ひとりやふたりならともかく」

結構な人数が堂々と隊の人員として入り込んでいるのだ。

レナートは複雑そうな表情でうなずいた。

「ありえない話じゃない。ナルエフ側に手引きをした者がいればだけどな……」

「こちらにも裏切り者がいるの？　それって、もしかして……」

オディーリアの頭に浮かんだ人物はひとりだけだ。国王の誕生日パーティーの場で、レナートにはっきりとした敵意を向けていた彼。

「クリストフ殿下？」

「だろうな。でも残念ながら、裏切り者はクリストフひとりじゃない」

「彼に協力者が？」

レナートはひどく悲しげな笑みを浮かべた。

（ほかに怪しい人間というと……私くらいしか……）

「その、私はたしかにロンバルで生まれた人間ですけど」

必死に弁解しようとすると、彼はオディーリアの髪を撫で優しい声で言う。

「馬鹿だな。オディーリアを疑ってなどいない。お前が元婚約者を気にかけるのは、心底不愉快だが……」

レナートはオディーリアの腰を引き寄せ、距離を縮めた。

「お前が誰を思っているかは、俺が一番知っている」

甘く艶のある声でささやかれ、背中がぞくりと震えた。こんなときだというのに、胸がドキドキとうるさく騒ぎ出しちっとも静まらない。

「あの男を気にするのは、なにか理由があるんだろう。それはこの戦が終わってからじっくりと聞かせてもらう」

「でも、それならほかに誰が？」

さっぱり見当がつかなかった。クリストフ以外となると、悲しいことに疑わしい人間は自分くらいしか思い浮かばない。

「俺がどうしてあいつらをスパイだと見抜けたか、わかるか」

オディーリアはふるふると首を左右に振った。

「剣の構え方だ。国や地方によって微妙に違うんだ。だが、辺境地の兵ならともかく、この戦に参加してるのは有力諸侯や王子たちの軍だ。ロンバル式の構えをしているのは、あきらかにおかしい」

「なるほど」

彼らが剣を構えるところをレナートは見たのだろう。

「あっ。イリムはなにも見ていないと言ったのは、このことだったんですね」

昨日、レナートが言っていた言葉の真意をオディーリアは理解した。イリムはきっと、剣の構え方の違いになど気がつかない。

「そう。あいつは、味方の兵がどう剣を振るうかも知らないんだろう」

イリムをかばう言葉は思いつかなかった。イリムは兵を自分の持ち駒としか思っていない人間だ。

「でも、クリストフはそこまで馬鹿じゃない。今回のスパイを手引きしたのがクリストフなら、ナルエフ式の構えをきちんと教えたはずだ」

「では誰が――」

「イリムと同じくらい戦場を知らない人間……バハル兄上だろうな」

レナートの表情は暗く沈んでいた。

穏やかで優しそうな人物に見えたのに。にわかには信じられなかった。

「そんな！」

「俺も信じたくはないが、バハル兄上は幼い頃から身体が弱く、戦はもちろん剣の稽古すらしたことはない。構え方の違いは知らないはずだ」

イリムとバハル。このふたりが組んでいたからこそ、レナートはスパイを見抜くことができたのだと言う。

「クリストフにそそのかされたのか、バハル兄上自身の意思かはわからないがな」

レナートは裏にクリストフがいることは確信しているようだった。

黒幕の正体はオディーリアにもショックだったけれど……。

「でも、スパイの存在に気がつけてよかったですね」

そのまま野放しにしていたら、今頃レナートはどうなっていただろうか。考えるだけで指先が震える。もう彼なしに生きていくなど、オディーリアには考えられなかった。

「そうだな。レナートは厳しい顔つきのまま、遠くを見つめた。もし見抜けずにいたら……俺は殺されていたんだろうな。それに」

「それに？」

レナートはオディーリアを見据えた。

「クリストフは二重に罠を仕掛けた。イリムが俺を始末してくれれば万々歳。もし失敗しても、スパイを手引きした罪をおそらくオディーリアになすりつけるつもりだったんだろう」

思いがけず自分の名前が出たことにオディーリアは驚き、目を見開いた。

「私に？」

「あぁ。お前も、自分が真っ先に疑われると思っただろ？」

「……それは、たしかに」

レナートやマイトは信じてくれるかもしれないが、ほかの人間に信じてほしいとはとても言えない。オディーリアがロンバル人で、イリムの婚約者であったことは紛れもない事実なのだから。

「ロンバル兵のなかにはお前がナルエフの手に渡ったことを知る者もいるだろう。クリストフがロンバルと通じていたなら、どこかで情報を得たのかもしれない。おそらくクリストフは、オディーリアがロンバル人であることを知っている」

初めて、自分がロンバル人であることを恨めしく思った。

（ナルエフの生まれだったら、レナートに余計な負担をかけなくて済んだのに）

何度も自問自答した問いが、またオディーリアの思考を占拠する。

〝このまま彼のそばにいていいのか。もっとふさわしい女性がいるのでは？〟

いつも結論は出なかった。彼のために身を引く強さも持てずにいる。

「またネガティブになってるだろ」

コツンとおでこに軽い衝撃が落ちてきた。視線をあげれば、レナートが少し怒った顔で額をくっつけていた。

「お前がロンバル人であることも、あの男の婚約者であったことも、気にする必要はまったくない。それらの過去が今のオディーリアを作ったのだから、俺はむしろ感謝してるくらいだ」

心を読む魔力でもあるのだろうか。レナートはいつだって、オディーリア本人よりも的確に彼女の気持ちを読み取ってしまう。

レナートは愛おしそうに目を細めてオディーリアを見る。

「お前を失いたくないと思うと、俺はいつも以上に頭が回るし勘が鋭くなる。戦場の女神の力は偉大だな」

「レナート」

「自分のことなど後回しで兵のために走り回るお前が好きだし、俺の胸のなかで楽しそうに笑ってくれるお前を愛している。出会えて、よかった」

彼の深い愛情が伝わってくる。

「私はまだまだ未熟ですが、いつかレナートの本物の女神になれるように努力します。だから……そばにいさせてください」

（やっぱり白い声を取り戻したい。レナートの女神になるために）

彼の腕が力強くオディーリアの背中を抱き、そのまま唇が重ねられた。甘いキスに心も身体もとろけていく。

「んっ」

「死んでも俺のそばを離れるな。それ以外にお前に望むことなどなにもない」

イエスの返事を言わせてはもらえなかった。熱っぽい目をした彼にまた唇を奪われてしまったからだ。

次の瞬間、濃密な空気を壊すのんきな声が飛んできた。

「あ。やっぱりこっちにいた。ちょっと、おじゃましまーす」

入口からひょっこりと顔をのぞかせたのはマイトだった。

「イチャイチャしてるとこ申し訳ないけど、むさ苦しい団体が入りますよ～」

宣言どおり、マイトに続いてアスランたちマイトの部下が数名と、そして――。

「イリム！」

気を失ったまま担ぎこまれるイリムの姿にオディーリアは目を丸くする。

アスランの手で彼は床に転がされた。両手は背中で縛られている状態だ。

そんなイリムをレナートが一瞥する。

「とらえたか。よくやったぞ、マイト」

「なんというか、彼の護衛兵は質より量って感じで……あまり手応えがなくて、つまらなかったです」

アスランがすかさず突っ込む。

「マイト隊長の強さが異常なんですよ」

それから、マイトはやや表情を曇らせ、ためらいがちに続けた。

「残念ですけど……スパイを手引きしたのはやっぱりバハル殿下でした」

レナートは眉ひとつ動かすことはなかった。バハルの裏切りについては覚悟ができていたのだろう。「そうか」と短く答え、イリムのもとへ歩み出た。

レナートは膝をついて、イリムの顔を見る。

「王太子殿下。そろそろ起きる時間だぞ」

「うっ」

レナートに頬を叩かれ、イリムの瞼がぴくりと動いた。気を失っていただけで、身体はなんともないようだ。目を覚ましたイリムは困惑しながらもなんとか上体を起こす。

「なんだ？　ここはどこだ？」

彼は滑稽なほどうろたえている。レナートは立ちあがり、座っているイリムを見おろす。

「敵陣のど真ん中だ。今回はロンバル軍の総大将を務めているんだろう？　ならば、前線を知るのも大事だろう」

皮肉交じりにレナートが言うと、イリムの白い肌がみるみると青ざめていく。彼はレナートを見つめ、震える声で訴えた。

「た、助けてくれ。俺はそそのかされただけだ。お前の兄たちにな」

「クリストフとバハル兄上だな」

「そうだ。最初に声をかけてきたのはクリストフと名乗る王子だ。俺はお前らの兄弟喧嘩に巻き込まれただけだ」

レナートは軽蔑のにじむ冷めた眼差しをイリムに注ぐ。

「前回は見逃したが、今回はどうしようか。お前を殺せばこの戦を終わりにできるかな」

レナートが腰の剣を抜く。その鈍い光にイリムは顔をひきつらせ、床にお尻をついたままあとずさる。

「や、やめろ……」

レナートは大きく足を踏み出し、その喉元に容赦なく剣先を突きつけた。

「個人的にも俺はお前が大嫌いだ。俺の愛する女を大切にしていなかったようだし」

レナートは後ろにいるオディーリアに視線を送ってよこした。それで初めて、イリムはオディーリアがこの場にいることに気がついたようだ。

「オディーリア！　あぁ、やはり生きていたのか」

「お前のせいで白い声は失っているがな」

答えたのはレナートだ。

「あれは俺が命じたことじゃない。ジオルドが勝手にしたことだ！　だから……助けてくれ、オディーリア。婚約者だろう？　俺はお前を忘れたことはなかった。いつかこの男から取り戻すつもりだったんだ。信じてくれ」

その言葉を聞いたレナートの眉がぴくりと動いた。

「クリストフたちの裏切りの証人としてしばらくは生かしておく必要があると思っていたが……今のを聞いて気が変わった。俺からオディーリアを奪うつもりなら、今すぐに死んでもらう」

レナートは剣を握る手に力を加えた。イリムの皮膚にゆっくりと剣先が沈む。鮮血がにじみ、イリムの顔が苦痛にゆがんだ。

「待って！」

オディーリアは叫び、レナートの背中に駆け寄った。彼は怪訝そうな顔でオディーリアを振り返る。

剣を持っていないほうの彼の腕をつかみ、訴えた。

「待って、レナート。お願いだから……」

納得できていない顔をしながらも、彼は剣をおろしてくれた。

「あぁ、オディーリア。俺の愛をわかってくれるか？　どうか哀れな俺を助けてくれ」

イリムがなにやら叫んでいるが、オディーリアの耳には入ってこない。

オディーリアはレナートだけを見つめて、言う。

「私は……愛するあなたのために声を取り戻したいのです」

都合のいい勘違いをしたらしいイリムが満面の笑みを浮かべる。

「そうか！　俺の傷を治してくれるのか。解毒剤ならもう用意してある。お前が生きているらしいと聞いて、すぐに作らせたからな」

オディーリアはイリムへと目を走らせた。

（やっぱり。解毒剤があったのね！）

彼の前に膝をつく。

「ほら。左胸のポケットのなかだ」

自分の勘違いに気がついていないイリムはペラペラとしゃべり出す。オディーリアは彼の胸ポケットを探り、なかのものを取り出した。ほんの小さな小瓶に詰められた橙色の液体。

「これが解毒剤？」

「そうだ。早くそれを飲んで、俺のこの傷を治してくれ。血が止まらないんだ」

たいしたことない喉の傷をおおげさにわめき立てるイリムを無視して、オディーリアは立ちあがりレナートに向き直った。

「こいつの動向を気にしていたのは、解毒剤を手に入れるためか？」

オディーリアは申し訳なさそうに肩をすくめる。

そんな彼女の背中にイリムは叫び続ける。

「オディーリア。どういうことだ？　早く俺を助けてくれ」

オディーリアは振り返って、イリムに言う。

「助けたかったものは、もうここに」

「は？」

オディーリアは手にしていた解毒剤をイリムに見せつける。

「ごめんなさい。あなたを助けたくてレナートを止めたわけじゃないんです」

「そんな……」

イリムの顔からサァと血の気が引いていく。

「でも、あなたには感謝しています。あのとき、あなたがレナートに出会わせてくれたから……私は生まれ変わることができた」

人間としてのオディーリアはレナートに出会ったあの日に生まれた。

「なら、助けてくれ。命だけでいいんだ！」

情けない姿で命乞いをするイリムを前にオディーリアは考えた。もう人形じゃないから、彼にも自分の意見をきちんと伝えようと思ったのだ。だが……。

「すみません。どうでもいい……以外になにも思いつかないです」

かつてのように、考えることを諦めて出た言葉ではない。

「本当に真剣に考えているのですが、あなたの今後になんの興味も持てないんです」

真顔で言ったオディーリアにレナートとマイトが噴き出す。大笑いしているふたりの横でアスランは笑いをかみ殺している。

「レナート将軍。お気持ちはわかりますが、彼はクリストフ殿下たちの背信行為の大切な証人です。生かしておかなくては」

真面目なアスランが冷静な意見を述べると、マイトも同意した。

「こんな小物のためにレナートさまの剣を汚す必要ないですよ。証言をさせてから、野良犬の餌にでもすればいい」

部下にたしなめられたレナートは、ちょっとふて腐れた顔で剣を鞘に戻した。

「わかっている。少し脅しただけだ」

「にしては、顔が本気でしたけどねぇ」

「とにかく、この王太子殿下をとらえておけ。国王陛下のもとで証言させる」

「は〜い」

マイトたちがイリムを連れて出ていくと、天幕にはまたレナートとオディーリアのふたりきりになった。レナートはオディーリアのおなかに腕を回し、背中からギュッと抱き締めた。

「お前を疑うつもりはなかったはずなんだが……それでもさっきは焦ったぞ」

彼らしからぬ拗ねた口調がかわいくて、オディーリアはクスクスと笑い声をあげた。

レナートの手の上に自分の手をそっと重ねる。

「私がイリムを助けたがっていると思いましたか？」

いたずらっぽい瞳でオディーリアが振り返ると、レナートはますますむくれた。

「ほんの少しだけな。お前がそこまで白い声に執着しているとは思っていなかったし」

「レナートのために本物の女神になりたかったんです」

オディーリアが答えると、彼は少し語気を強めた。

「魔力などいらないとずっと伝えていただろう。俺はそのままのお前が隣にいてくれれば、ほかにはなにも望まない」

「でも、その……いつか城にやってくる、優秀な正妃に負けないようにと……」

言葉にすると自分でも馬鹿みたいだと思う。だけど、これもまたオディーリアの素直な感情だった。

「つまりは、ただのヤキモチです」

「――そんなかわいいことを言われると、この場で押し倒したくなる」

「えぇ!?」

レナートはオディーリアの身体をくるりと回し、正面からギュッと抱き締めた。

「俺の城にお前以外の女を迎えることはない。オディーリアだけだ」

レナートはオディーリアの顎に指をかけ、視線を合わせた。

「魔力の有無など関係なく、お前は俺の女神だし、永遠に愛すると誓う。それじゃダメなのか?」

まっすぐな言葉と熱をはらんだ瞳。

「ダメなはず……ありません」

オディーリアの頬を温かな滴が伝う。

彼の深い愛情でようやく大切なことに気がつけた。女神に必要な力は、白い声なんかじゃない。自分を、そして大事な人たちを愛することだ。

（レナートがくれたものを、今度は私が返そう）

オディーリアは彼の胸にその身を委ねた。

「レナートは私に魂を吹き込んでくれました。ロンバルにいたときには知らなかった、たくさんの感情が今の私にはあります。クロエやマイトが大好きだし、レナートを幸せにしてあげたいと思う。それに私自身も幸せになりたいです！　自分がこんなふうに変われるとは思ってもいなかった」

「そうか」

レナートは慈しむような眼差しでオディーリアを見つめ、ほほ笑んだ。

「愛してる、俺のオディーリア」

キスは繰り返すうちに、どんどん深く甘くなっていく。オディーリアの唇から切なげな喘ぎが漏れる。

「もうっ……ここはまだ戦場ですから」

敵の総大将であるイリムをとらえた以上、ナルエフの勝利は確定したも同然だが、レナートにはまだやるべき仕事が残っているだろう。

「急ぎの仕事はもうない」

「で、でもっ」

「あと少しだけ、女神からのご褒美がほしいな」

極上の笑みにあらがえず、オディーリアはまた彼の唇を受け入れる。幸せがあふれて、もう言葉にならなかった。

まだ日も沈んでいないのに、ナルエフ兵たちは早速勝利の宴を始めていた。

その横でオディーリアは地面に膝をつき、草をかき分けていた。

そこにレナートがやってくる。

「オディーリア！　こんなところにいたのか。なにをしてる？」

「ちょっと、捜しものを」

やっと手に入れた解毒剤を、あろうことか紛失してしまったのだ。もう白い声がなくても大丈夫と思ったら、気が抜けたのかもしれない。レナートは苦笑いで言う。

「あんな小さなものを捜し出すのは難しいんじゃないか」

「うぅ。でも」

そう言われても未練は残る。

（魔力は戻らなくてもいいけど……）

「宴の準備の間はたしかに持っていたんです。だから、落としたのはこの辺りで間違いないと思うのでもう少しだけ」

オディーリアは捜索を続ける。だが、ここは草が生い茂っていて捜しものには適さない場所だった。

「いたっ」

トゲトゲした草に指がこすれて、うっすらと血がにじんだ。

「大丈夫か？」

レナートは心配そうな顔で駆け寄ってきて、オディーリアを立ちあがらせた。彼はオディーリアの指先をそっと口に含む。

「あ、えっと、たいした傷ではないので、大丈夫ですから」

傷口よりも、ドクドクと早鐘を打つ心臓のほうが心配だった。このまま破裂してしまいそうだ。レナートは優しくほほ笑む。

「みんなのところへ行かないか？　必死に捜す必要はもうないだろう」

オディーリアはうなずいたが、その表情に浮かぶ迷いをレナートは察したのだろう。

「どうしても欲しいのか？」

オディーリアは正直に打ち明ける。

「取り戻したいのは、魔力ではなく歌なんです」

「歌？」

「もとの声を取り戻せたらレナートに私の歌を聞いてもらいたいなと思っていたので。こう見えても歌には自信があるんですよ」

無邪気なオディーリアの笑顔にレナートは目尻をさげる。

「今の声も好きなんだが……たしかにお前の歌は聞いてみたい」

それから、レナートは低い声でなにかささやいた。

「え、今なんと？」

オディーリアが聞き返したその瞬間、ぶわりと強い風が吹いた。辺り一面の草が風の勢いになぎ倒される。西日に照らされて、遠くでなにかがキラリと光った。

「あっ、もしかして」

オディーリアは駆け出す。陽光に反射したのは解毒剤の入った小瓶だった。

「見つかりました！」

オディーリアが弾んだ声をあげると、レナートがこちらに近づいてきた。

「よかったな。これで歌える」

「……今の風はレナートが？」

自然現象とは思えなかった。それに、彼がささやいた言葉は緑の声の使い手たちの呪文によく似ていた。

「風を操る魔力、ですか？」

彼はふっと笑って、自身の唇の前に人さし指を立てた。

（レナートも魔力を持っていたなんて……）

「誰にも話していないし、ひとりのときも極力使わないようにしている」

ナルエフでは魔力を持つ者は少ない。そんななか、自分だけ力を使うのは卑怯な気がするから。レナートは隠している理由をそう教えてくれた。

「自分の欲望のためにこの力を使ってしまったのは初めてだな」

「欲望？」

「そう、お前の歌を聞きたい。それから、オディーリアの喜ぶ顔が見たい」

オディーリアは笑った。誰よりも美しく、幸せそうに。

エピローグ

ナルエフとロンバルの戦いは終結し、オディーリアはレナートとともに王都アーリエに帰還した。国民は熱狂と歓喜の声で迎えてくれた。オディーリアを女神と崇める声はますます高まり、もう王都ではその名を知らぬ者はいないほどだ。

レナートを次期国王にと推す声もいっそう大きくなり、王もその声を無視できなくなっていた。

その日、王のもとに王子たちが集められた。妃も同席するようにとの命だったので、オディーリアもレナートの隣で王の言葉を聞く。

「諸侯たちの意見も聞いた結果、私の後継者はレナートと定める」

レナートは黙って頭を垂れる。彼自身も、もう心を決めていたのだろう。

「話は以上だ。バハルとクリストフはおとなしく沙汰を待っていろ」

王は悲しげな視線をふたりに送り、部屋を出ていった。

残された王子たちの間に長い沈黙が流れた。それを破って口を開いたのは、レナートだ。

「クリストフが王になりたいのなら、俺は将軍としてサポートするつもりだった。だが、私利私欲のために敵と通じる人間にこの国の未来を委ねるわけにはいかない」

野心がその身を滅ぼす結果となってしまったクリストフは、大きく天を仰いだ。

「お前自身がそう思っていても、周囲はそれを許さなかっただろう。レナートが生きているかぎり俺は王にはなれなかった。だから後悔はない」

「バハル兄上を仲間に引き入れたのは自身が疑われないためか？」

「そうだ。お前はバハル兄上のことはみじんも疑っていなかったからな」

レナートはうなだれているバハルに視線を向ける。バハルは彼にとって信頼できる兄だったはずだ。レナートの痛みが伝わってくるようで、オディーリアの胸もギュッと締めつけられた。

レナートはクリストフとの会話を続けた。

「結果的にそれが自分の首を絞めることになったな。クリストフなら、ナルエフとロンバルで剣の構えが違うことに気がついただろうに」

クリストフの顔色が変わった。眉根を寄せて、バハルに問う。

「どういうことです、バハル兄上？　ロンバルの王子から送られた兵は徹底的にナルエフ式に教育するよう進言したでしょう。剣の構えのことも話したはず」

この発言にはレナートも驚いている。クリストフとそろってバハルを見つめ、彼の言葉を待った。

「直前になって、わからなくなったんだ。本当にレナートを殺していいのか……だからレナート自身に委ねてしまった。スパイの存在に気がつくかどうか」

バハルはあえてスパイをそのまま送ったと言うのだ。予想もしていなかった裏切りにクリストフは唖然としている。

バハルはレナートに向けて、言葉を続ける。

「お前は私にとって自慢の弟だった。だが、レナートが第一王子だったらよかったのにと、みなから言われ続けるのは苦しかった。羨望はいつしか妬みに変わってしまった」

「バハル兄上……」

バハルは頭脳明晰で人望もある。健康に問題がなければ、きっと彼が王位を継いでいたはずだ。

「もういい」

きっぱりとした口調で言い捨てたのはクリストフだ。

「俺もバハル兄上も負けたんだよ。これ以上、なにを語ることがある」

静かに退場していくふたりの背中を、レナートは最後まで見送っていた。


レナートは正式に王太子の地位に就くことになり、豪華な式典が開催された。

式典を終えた夜のこと。少し遅れて部屋に入ったオディーリアを待ちわびていたレナートが出迎えた。

「どうだ？　痛みなど出ていないか」

（レナートはどんな反応をするかな？　あまり好きじゃないって言われたらどうしよう）

オディーリアはたった今、解毒剤を飲んできたところなのだ。

期待半分不安半分でおそるおそる口を開く。

「は、はい。ちゃんと以前の声に戻ってます」

鈴の音に似た、涼やかな声だった。

レナートは優しくほほ笑む。

「あぁ。透き通るように綺麗で、お前によく似合う」

オディーリアがホッとした顔を見せると、レナートは華奢な身体を抱き寄せた。

「さぁ、約束の歌を聞かせてくれるか？」

「あ、あまり期待はしないでくださいね。自信があるとは言いましたが、でも――」

いざとなると自信がしぼんでしまう。弱気になっているオディーリアにレナートは苦笑する。

「心配するな。俺のためにお前が歌ってくれるというだけで、満点なんだから」

「は、はい。では」

オディーリアは深呼吸をひとつして、歌い出す。

生まれて初めて愛した人、そして生まれて初めて愛してくれた人へのありったけの思いを込めて。レナートは目を閉じ、その極上の歌声に耳を傾けた。

清らかな歌声は風にのって、はるか遠くまで届けられた。


「ん？　なにか聞こえてくるな……」

旅人が夜空を見あげる。

「あら、誰かの子守歌？　なんて美しいのかしら」

子どもを寝かしつけている母親がつぶやく。

オディーリアの歌はキラキラと輝く光となって、ナルエフの国中に降り注いでいた。

「いったい、どういうことだ。痛みがすっかり消えたぞ！」

ベッドのなかで老爺が明るい声を出す。

「……あなた！　意識が戻ったのね」

長年看病を続けていた妻は、大粒の涙を流して愛する夫を抱き締める。

この夜は、多くの傷ついた人々に信じられないような奇跡が起きたのだった。

番外編　もうひとつの恋物語

　レナートが王太子になってから半年の月日が流れた。ナルエフにも暖かくて過ごしやすい季節が訪れていた。

「やっと中庭でお茶会をできる季節になったわね～。咲き乱れる花々をめでながら、おやつを食べるのって最高！」

　クロエは満面の笑みで皿いっぱいにのせられたスイーツに手を伸ばす。口のなかでホロッと溶けていくそれは、ロンバルの伝統菓子なのだそうだ。ナッツの風味と優しい甘さが最高でいくらでも食べられそうだった。

「うん、おいしい！　オデちゃん、すっかりプロ並みの腕前になったね！」

　今日のおやつはオディーリアの手作りだ。最近の彼女は料理を趣味にしている。

「よかった。子どもの頃に村で食べていた素朴なものだから、みんなの口に合うか心配だったんだけど」

「私は素朴なものも高級品もなんでも大好きよ」

　クロエが言うと、オディーリアはクスクスと楽しそうに笑う。

（オデちゃん、なんだかますます綺麗になったなぁ）

初めて会ったときからこの世の者とは思えぬ美女っぷりではあったけれど、最近はよりいっそう魅力的になった。恋の力は偉大だなとクロエは感心してしまう。

「でもなんで急に料理を始めたの？　レナートさま、家庭的な子が好みなの？」

マイトが聞くと、オディーリアは少し照れた様子で答えた。

「レナートはなにを作ってもおいしいと食べてくれるけど、でも、彼に言われたからというわけではなくて」

「ひとり身の僕とクロエの前でさらっとのろけたね。ま、もう慣れたからいいけどさ」

最近恋人と喧嘩別れをしてしまったらしいマイトは、ちょっとやさぐれている。

「じゃ、どういう心境の変化があったの？」

クロエも興味津々で尋ねた。

「私はロンバルではずっと、白い声の聖女であることだけを求められていて、ある意味ではそれ以外なにもしなくてよかったの」

彼女が白い声と呼ばれる魔力の使い手であることは、ロンバルとの戦が終わってから教えてもらったことだ。彼女の歌声でみるみるうちに傷が塞がっていくところを初めて見たときはマイトもクロエも目を丸くした。

オディーリアは続ける。

「だから、年頃の女性がお勉強するいろいろがまったく身についていなくて」

「一流教師に長年習っても身についていない例がここにいるし、気にしなくていいと思うよ」

失礼な発言をするマイトに向かってクロエは頬を膨らませた。

「やる気の問題よ。私だって本気になれば！」

「どうかな～。僕には資質の問題に見えるな」

ケラケラと笑うマイトを無視してクロエはオディーリアの顔を見る。

「なるほど。女磨きってとこね」

「というより、人間力向上です！　人間らしいことをいっぱいしようと思って」

オディーリアは両の拳を握り締め、意気込んでみせた。

「いいね。応援する！」

クロエの言葉に彼女はほほ笑む。その笑顔は中庭に咲くどの花よりも美しくて……なんだかうらやましくなってしまった。

（やっぱり恋してるっていいな！）

「クロエも一緒にやったら？」

「う～ん。でも、私はお料理をする暇があったら、アスランにアプローチしたいし」

何度も好きだと伝えているのに、彼はちっとも振り向いてくれない。諦めたくないと思ってはいるけれど、さすがのクロエも意気消沈していた。

「私は私が大好きなのに、アスランはどうして私を好きになってくれないの⁉」

別にウケを狙ったわけではなかったけれど、マイトとオディーリアはそろって爆笑している。

「ははっ。クロエのそういうとこ、僕は好きだよ」

「私も。人間力向上の目標はクロエだから。追いつけるようにがんばるね」

その言葉にマイトは顔をしかめる。

「ええ、オデちゃん。クロエを目指してるの？　それはやめといたほうがいいと思うよ。クロエがふたりもいたら、レナートさまも僕も手におえないもん」

クロエは大きなため息を落とした。

「お兄ちゃんもあいかわらず浮いた話ひとつないし、私たち兄妹って呪われてるのかしら。私はいつになったらアスランの恋人になれるの？」

マイトは軽く肩をすくめて苦笑する。

「アスランは頑固者だからね～。一度ありえないって言っちゃった手前、意固地になってるのかもよ。押してばかりいないで、たまには引いてみたら？」

「そんな駆け引きができる女だったら、とっくに三回は結婚してるわよ！」

クロエは叫ぶ。ナルエフの貴族女性は十七、八歳で婚約するのが一般的なので、もうすぐ二十歳になるクロエはやや出遅れ気味だった。

（アスランが好き。会いたいし、好きになってもらいたい。ややこしいことを考えるのは私らしくないもの）

「そういえば、クロエはアスランのどんなところが好きなの？」

オディーリアに聞かれ、クロエは目を瞬いた。一目見たときから好きだけど、言葉で説明するのは案外難しい。

「一目惚れだったんでしょ。なら、シンプルに顔じゃないの？　アスラン、派手じゃないけど爽やか好青年だから女の子に人気あるよ」

「そうね。顔はすっごく好み」

だけど、それだけじゃない。

『こんな怪我はすぐに治して、前線に戻る。守りたい人がいるから』

戦場で初めて会ったとき、アスランは開口一番にそう言った。あのまっすぐな眼差しにハートを撃ち抜かれてしまったのだ。彼が守りたい人のひとりに自分もなりたい、そう思った。

(今思うと、あのとき言ってた守りたい人って絶対にマイトよね?)

アスランは『自分はマイトのために死ぬ』と豪語しているくらい彼を敬愛しているのだ。

そんなことを考えていたら、目の前でニコニコしているマイトが憎らしくなってきた。

「なに、怖い顔してるのさ」

「別に。マイトには教えない!」

「せっかく、僕の考案した〝どんな男をも虜にする魔法のテクニック〟を伝授してあげようと思ったのになぁ」

その言葉に素早く反応したのはオディーリアだ。

「マイト。それ、ぜひ私にも!」

ふたりと別れたクロエはそのまま城を出た。今日は両親に呼ばれていて、久しぶりに王都の中心街にある実家に帰るのだ。そう遠くないので散歩がてら歩いていく。

(用事ってなんだろう。あんまりいい予感はしないのよねぇ)

彼らが『大事な話』と言うときは、九割がお小言だ。

レナートの城の付近は商人や旅人も多くにぎやかだ。治安もいいので安心して街歩きを楽しめる。クロエは露店に並ぶ雑貨や食品を眺めながら歩いていた。すると、前方にうれしい顔を見つけた。

「アスラ――」

弾んだ声で呼びかけようとしたけれど、彼がひとりではないことに気がつき口をつぐむ。

（女の人？）

長い亜麻色の髪が美しい、上品な女性だった。アスランよりいくつか年上に見える。

マイトと違って彼には女性のうわさはまったくなかった。

なんの覚悟もしていなかったので、クロエは大きなショックを受けた。ふたりは親しげに肩を寄せ合って、楽しそうにおしゃべりをしている。

（綺麗な人。少しオデちゃんに似てるかも）

アスランはやはり淑やかな女性が好みなのだろうか。クロエには見せない、くつろいだ表情を彼女に向けていた。

（私じゃ、ダメなのかなぁ）

結局、アスランには声をかけず暗い気持ちを引きずったまま実家に顔を出した。

クロエの家はもともとは田舎の小領主だったが、父は領土拡大を目指すのではなく官僚貴族として王宮での出世を求めた。

『諸侯よりも王の信頼を得た官僚のほうが偉くなる時代が絶対に来るぞ』

それが彼の持論だった。世渡り上手の父が言うのだから、本当にそうなるのかもしれない。実際、クロエの家は裕福だった。

舶来品の豪奢な椅子に腰かけ、クロエは両親の話を聞いた。

「縁談⁉」

お小言よりも最悪なその話にクロエは顔をしかめた。

(アスランのデートは目撃しちゃうし、今日は厄日かしら)

「あぁ。そう悪い話ではないぞ」

「で、でも私より先にお兄ちゃんをなんとかしたほうがいいんじゃない？」

クロエは正論を言ったが、両親は無言で目をそらす。

「お家断絶しちゃったら困るでしょ。私のお婿さんより、お兄ちゃんのお嫁さんを先に探そうよ」

クロエは話題をすり変えようとしたが、これが逆効果になってしまった。

父は渋い顔でため息をついた。

「ハッシュはもう諦めた。あいつより結婚に向かない男を俺は知らない」

「私たちにとってはかわいい息子とはいえ、犠牲になるお嫁さんがかわいそうだしね」

（我が母ながら、最高に素晴らしいお姑さん！　って、そうじゃなくて）

「いやいや、諦めるの早すぎでしょ。この家がつぶれたら私だって悲しいし」

そこで、父はズイッと身を乗り出してきた。

「そうだろう。俺たちだってこの家を守りたい。だからこそ、お前の結婚なんだ」

母もにっこりと笑って同意する。

「クロエがたくさん子どもを産んでくれたら、養子として我が家に迎えることもできるでしょ。そうすれば、安泰だと思って！」

「ハッシュもクロエも結婚は絶望的かと思っていたが、クロエには声がかかった！　もう我が家の命運はお前にかかっている」

「絶望的とは失礼な……」

（そんな重大任務を任せる気なら、もっとおだててよね！）

クロエの不満顔をものともせずに父は続ける。

「お相手はディアゴ伯爵だ」

母もここぞとばかりに後押しする。

「ディアゴ伯爵家なら、屋敷はアーリエにあるし遠くに嫁ぐよりいいと思わない？」

「え、えーっと」

ディアゴ伯爵は父の友人でクロエも何度か会ったことがある。ぽっちゃりとした身体からいい人オーラを振りまいているような男だ。ディアゴ家は名門だし、たしかにいい話なのだろう。でも、気になる問題がひとつ。

「ディアゴ伯爵に息子さんなんかいた？」

彼は数年前に妻に先立たれていて、子どもはいなかったと記憶している。

「あっ、この縁談のために遠縁から養子を取るとかそういうこと？」

クロエが聞くと、父はキョトンとした顔で首をひねる。

「いや、相手はディアゴ伯爵だと言っただろう」

「え？」

嫌な予感がしてきた。

「まさか……縁談相手って伯爵本人なの？」

（嘘でしょ？　違うと言って！）

クロエの心の声は届かず、父は大きくうなずいた。

「ちょっと年は離れているけど、そのほうが大事にしてもらえるわよ」

母の言葉にクロエは即刻、反論する。

「ちょっとじゃないでしょ！」

ディアゴ伯爵は父よりほんの少し年下なだけだ。つまりクロエより二十歳近くも年上だ。家同士の都合が重視される貴族の結婚ではそう珍しい話でもないが……クロエは絶対に嫌だった。

「無理、無理。そんな結婚を受け入れるくらいなら家出する！　あ、もう家は出てるか」

クロエはレナートの城で暮らしているのだ。それならば、家出ではなく絶縁だ。クロエが断固拒否の姿勢を見せると、父は今度は泣き落としに出た。

「田舎の貧乏貴族から必死にがんばって、王都にこんな立派な屋敷を構えるまでになったのに……俺の努力もすべて水の泡か」

「親戚中探せば、養子に来てくれそうないい感じの男の子がいるんじゃない？」

「そんなの、とっくに探したさ」

メソメソする父の姿にクロエは言葉を詰まらせる。嘘泣きだろうとわかってはいるけれど、かすかに心が痛む。

「クロエの結婚だけが希望の星だったのに」

母にまで恨めしそうな目をされ、クロエはたじろぐ。

「うっ、わかったわよ」

「本当か？」

うなだれていた父が弾かれたように顔をあげる。涙はすっかり引き、瞳はキラキラと輝いていた。

「ようするに、結婚して跡継ぎを産めってことでしょ？　相手はディアゴ伯爵でなくてもいいわよね」

「もちろん。お前をもらってくれる男なら、どんな相手でも大歓迎だ」

またしても失礼な発言ではあるが、とにかくディアゴ伯爵でなくてもよいと言ってくれたことには感謝だ。

「けど、クロエにはそんな相手いないでしょ。だからこそ、私たちも多少の年の差はあってもこれがいい機会かと思ったのよ」

（だから多少じゃないし！）

クロエは心配そうな母に強気な笑顔を見せる。

「安心して！　レナート殿下の城の男は見る目があるから、最近の私はモテモテで困ってるくらいなのよ」

近いうちに将来を考えている恋人を紹介する。そう宣言してクロエは実家をあとにした。

「どうしよう、お兄ちゃん！　なんとかして」

クロエはハッシュにすがりつく。

縁談話が出た翌日、クロエはいつものようにオディーリアとマイト、そして事情が事情なので特別にハッシュも招集して今後について相談した。

ハッシュの視線は冷たい。

「おとなしくディアゴ伯爵と結婚すればいいだろう。二十も年上で小太り程度のささいな欠点には目をつむれ。向こうは致命的な欠点を見ないふりしようと言ってくれてるんだから」

「なによ、それ！　もとはといえば、お兄ちゃんがモテないせいで私に災難が降りかかってるのよ」

ギャーギャーと兄妹喧嘩を始めたふたりをオディーリアがなだめる。

「ふたりとも落ち着いて。どっちがモテるとか、今はどうでもいいことでしょう」

「真実モテモテのオデちゃんにだけは言われたくない！　アスランもオデちゃんのファンだし、王子さまをつかまえたくせにずるいよ～」

「え、ええ……」

いきなり八つ当たりされ困惑しているオディーリアの肩をマイトがポンと叩く。

「気にすることないよ、オデちゃん。僕らも好きでモテてるわけじゃないしね」

それから、マイトはクロエに顔を向ける。

「オデちゃんに当たり散らしてないで、ちゃんと対策を考えようよ。将来を誓った恋人を紹介するって両親と約束しちゃったんだろう」

普段はおちゃらけているけど、やっぱりマイトはしっかり者でいざというときの彼は頼りになる。

（そうよ。最初からお兄ちゃんじゃなくて、マイトに相談すべきだったわ）

「うん、そうなの。だからすぐに結婚してくれる相手を見つけないと！」

「アスランに頼んでみたら？」

オディーリアに提案されるが、クロエは答えられない。

これまでだったら、チャンスとばかりに彼にプロポーズをしただろうけど、清楚な女性とデートをしていたアスランの姿を思い出すとそんな気持ちはしぼんでしまう。

アスランと一緒にいた女性が誰なのか、マイトに聞けばわかるかもしれないけど……どうしても話す気分にはなれなかった。

(失恋が決定的になるのが怖い。私、自分で思っているよりアスランに本気なんだわ)

「いや、いきなり結婚する必要はないでしょ。とりあえず恋人を紹介して、ディアゴ伯爵との縁談をつぶせばいい。その後は破局しちゃったとでも言えば……ってことはつまり、本当の恋人である必要もない。誰かに恋人役を頼めばいいんだ！」

マイトの言葉に、オディーリアは小首をかしげた。

「けど、それじゃクロエのおうちの跡継ぎ問題は解決しないわよね」

「それは急がなくても、縁談をつぶしてからじっくり考えたらいいんだよ。その間にハッシュが電撃結婚する可能性だって――」

マイトはちらりとハッシュを見て、大きく肩を落とした。

「ないか」

「うるさい」

ハッシュが短く吐き捨てる。

クロエは考えていた。

（たしかにすぐに結婚相手を見つけるのは不可能に近い。ここはマイトの言うように、とりあえずの時間稼ぎで誰かに恋人役を頼むしか！）

クロエは勢いよくマイトに向き直ると、彼に頭をさげた。

「お願い、マイト！　私の恋人になって」

さすがのマイトも目を白黒させ、言葉もないようだ。

「は、はぁ!? 僕が？」

ハッシュが冷静なツッコミを入れる。

「無理だろ。マイトのことはうちの両親もよく知っているし、お前たちがただの悪友なことはバレてるよ」

「ゆ、友情から始まる恋ってよく聞く話よね。マイトは器用だから、演技力でうちの両親を騙すくらいお手のものでしょ！」

「う〜ん。別にいいけど、それこそアスランに頼んでみたらいいのに！　結婚よりはずっとハードルも低いし、引き受けてもらえるんじゃない？」

「ア、アスランは……その」

気まずそうに視線を泳がせるクロエを見て、マイトはなにか察したようだ。なにも言わずに小さく息を吐いて、うなずく。

「了解。そういうことなら僕が恋人役を引き受けるよ」

「ありがとう、マイト！　この恩は忘れないわ」

別れ際にクロエはオディーリアを引き止めた。

「オデちゃん！」

「どうしたの？」

「さっきはごめんなさい！　オデちゃんはなにも悪くないのに嫉妬したりして」

純粋にうらやましくなったのだ、愛する人に愛されている彼女のことが。

オディーリアは笑って首を横に振る。それから、真面目な顔で言ってくれた。

「その、的外れな励ましだったらごめんね。私は自分がもし男の人だったら、クロエにお嫁さんになってほしいと思うよ。クロエより魅力的な女の子はどこにもいない。アスランにもきっと伝わると思うんだけど」

一生懸命に言葉を紡いでくれるオディーリアの気持ちがうれしかった。クロエはイヒヒといたずらっぽく笑う。

「ありがと！　でも、今の話はレナートさまには絶対に内緒ね。あの人、ああ見えて嫉妬深いもの」

オディーリアはクスクスと笑っている。

それから数週間後。クロエは〝将来を約束したラブラブの恋人〟を両親に紹介するべく、また実家を訪ねることになった。

マイトは用事があるらしく、実家の前で直接待ち合わせだ。

いつもより少しだけオシャレをして、クロエが城を出ようとしたところで偶然にもレナートとすれ違った。

「クロエか。そんなにめかし込んでどこに行くんだ？」

「ちょっと実家に。勝負の日なので、これは戦闘服です！」

レナートは白い歯を見せて笑う。

「あぁ、例の話か。マイトから聞いてるぞ。ふたりが恋人のふりとはな、所用がなければついていって、こっそり見届けたいくらいなんだがな」

王太子になって以来、彼は戦がないときもかなり忙しくしていた。レナートに「がんばれよ」と見送られながら、クロエは実家に向かった。

「あ、いたいた」

実家の前で誰か待っている。マイトだろうと思って近づいたが、彼よりずっと背が高い。

「ん？　え……アスラン⁉」

思わず声が大きくなる。こちらを向いたアスランがバツの悪そうな顔で片手をあげる。

「なんでアスランがここにいるの？　マイトは？」

「隊長は朝から腹の調子が悪いみたいで……」

「肝心なときに腹痛って、お兄ちゃんじゃあるまいし」

ハッシュは子ども時代からおなかが弱く、今も時々苦しんでいた。

「だから、代役」

アスランの言葉にクロエは耳を疑った。

「え、アスランが恋人役をしてくれるの？」

「なんだよ。不満なのか」

男らしいアスランの声。クロエは彼の声も好きだ。いつも、この声を聞くだけで頬が緩む。

「不満じゃないけど」

本当はいっときだけの〝恋人のふり〟でもうれしい。だが——。

「本物の恋人がいるなら無理しなくていいよ。その彼女に悪いもの」

アスランが大好きだけど、あの優しそうな女性を悲しませることはしたくない。

「本物の恋人？」

アスランが怪訝そうな顔になる。クロエは街でふたりの姿を見かけたことを話した。

「あぁ、それは姉だ。オディーリアさまに似ているなど、とんでもない！　子どもの頃から俺を下僕だと思っている鬼だぞ」

(お、お姉さん？)

自分の大きな勘違いにクロエは脱力する。

「そういうことだから」

まるで王子さまが姫君をエスコートするように、アスランはクロエに手を差し出す。

「本当にいいの？」

アスランは視線を外しながら、つぶやく。

「俺は軍人だからな。上官の命令は絶対だ」

「そっか」

クロエはおずおずと彼の手を取った。

いろいろな意味でドキドキしながら、クロエは彼を両親に紹介した。ふたりは礼儀正しいアスランをすっかり気に入った様子で、ホクホク顔で彼に尋ねた。

「君はクロエのどんなところを好きになってくれたんだ？　親にとってはかわいい娘だが、クロエは個性的すぎるところがあるだろう」

（よ、余計なこと聞かないでよ～）

クロエは焦った。なんの打ち合わせもしていないのだ。要領のいいマイトならともかく、アスランはスラスラと嘘を並べられるタイプとは思えない。

「もうっ。恥ずかしいからそういう話はまた今度に――」

助け船を出そうとしたクロエの台詞を遮って、アスランは堂々と答えた。

「どんなときでも明るくて、絶対にめげないところです。彼女といると、俺もがんばろうという気持ちになれます」

ふいに目頭が熱くなる。

（やだ。なんか泣きそうかも。嘘でも……うれしい）

面談は大成功で、両親は小躍りして喜んでくれた。

（あんまり大喜びされちゃうと、このあとが困るんだけど……まぁ、それはまた考えることにしよう）

アスランはレナートの城ではなく城下に部屋を借りて暮らしている。でも、恋人役をまっとうしてクロエを城まで送り届けてくれた。

クロエはあらためて彼に礼を言う。

「今日はありがとう。助かったわ」

「うん」

「それにしても、アスランは純情で堅物だと思っていたのに、意外と嘘が上手なのね」

「嘘？」

クロエはいたずらな瞳でアスランの顔を見る。

「私を好きになった理由よ！　あんな真面目な顔で目もそらさずに嘘をつけるとは思わなかったわ」

「あぁ」

アスランは口元をほころばせた。

「あれは別に嘘じゃないから。クロエのめげない根性は尊敬してる。あんなにひどかった包帯も一応は巻けるようになってたし。人間はなんでも、やればできるんだなと励みになる」

「それ、褒めてる？」

「一応？」

「なんで疑問形なのよ！」

（やっぱり駆け引きなんかしてる暇はないわ。押してダメならまた押せばいい。それが私だもの！）


部屋に戻ると、扉の前でマイトが待っていた。

「おかえり～。どうだった、両親の反応は？」

クロエはピースサインを作ってみせる。

「ばっちり！　ところで、おなかが痛いのに起きてて大丈夫なの？」

「あぁ、それね」

マイトは手招きでクロエを呼ぶ。近づくと彼はコソッとあることを耳打ちした。

◇◇◇

それから、たったひと月後。部屋に入ったアスランの目に飛び込んできたのは、分不相応すぎる高級酒とごちそうの数々だった。ここはマイトの部屋で、酒も食事もすべて彼が手配してくれたらしい。

「じゃ～ん。僕のかわいいアスランのために奮発しちゃった！」

マイトが無邪気な笑顔をアスランに向ける。

「いつもマイトに面倒な仕事を押しつけられているんだ。遠慮することはないぞ」

レナートがアスランの持つグラスに高級酒を惜しげもなく注ぐ。

「い、いただきます」

王太子に酌をしてもらった酒だ。おいしいに決まっている。芳醇な味わいが口いっぱいに広がり、アスランは思わず「うまい」とうなった。

酒も料理も最高だが、アスランはなぜ自分がこの場に主役として参加しているのかを、まだ理解しきれていない。

(なんで、こんな事態になったんだ？)

「ま、なにはともあれ今夜は無礼講で盛りあがろうよ！　アスランの独身最後の夜だもん」

マイトにはっきり宣言されても、首をかしげざるを得なかった。

「独身最後の夜ってことは……俺、明日には既婚者になるんでしょうか？」

「そうだねぇ、そういうことになるよね」

マイトはまるで他人事で「うんうん」とうなずいている。そこに、ハッシュが追い打ちをかけた。

「君は明日、うちの妹と結婚式をあげて妻帯者になる。残念ながら、もうくつがえせない事実だ」

「そうそう、今さら返品はなしだよ」

アスランは呆然とつぶやいた。

「俺がクロエと結婚……」

戦場で初めて会ったあの日から、クロエとの関係はなにも変わっていない。クロエが一方的にしゃべりまくり、アスランはあきれ気味にそれを聞いているだけだ。

知人と友人の間のような関係、少なくともアスランはそう認識していた。

たしかに恋人役を引き受けはした。だが、あれはあの日かぎりという話だったはずなのだ。

「それが、どうして結婚？　いや、ないだろ」

アスランはクロエの実兄であるハッシュの存在も忘れ、思わず本音をこぼしてしまった。

マイトが同情めいた眼差しをアスランに向ける。

「クロエのあの性格は間違いなく両親から受け継いだものだよ」

「そう。クロエだけでなく、うちの両親に気に入られてしまった時点で君の運命は確定した」

なんだかよくわからないうちに、クロエの両親はアスランの両親と仲良くなってしまっていて、知らぬ間に結婚式の日取りが決まっていた。

「兄の欲目で見ても……取り柄は少なく欠点は多い女だが、まぁ身体は丈夫だ。そこは保証する」

貴族の令嬢に対する評価とはとても思えない言葉をハッシュは口にして、アスランの肩を叩く。

「まぁ、がんばってくれ」

「クロエはオディーリアの大事な親友だ。絶対に泣かすなよ」

レナートまでもが、そんな脅しをかけてくる。

アスランの結婚話はもう終わったものとばかりに、マイトはハッシュに水を向けた。

「ていうか、ハッシュは妹に先をこされちゃっていいわけ？」

「お前だってまだ独身だろう」

ずばり言い返したハッシュの言葉を、マイトはさらりと受け流す。

「僕はほら、レナートさまの愛人だから。ね、レナートさま」

アスランの独身最後の夜は、こうしてにぎやかにふけていった。

（って、本当に独身最後の夜になるのか？　結婚を申し込んだ覚えもないのに⁉）

ナルエフでは貴重な澄みきった青空のもと、アスランとクロエの結婚式は華々しく盛大に執り行われた。見目麗しい王太子夫妻も臨席し、アスランの両親は泣いて喜んだ。

純白のウェディングドレスに身を包んだクロエは楚々として美しく、まるで別人のよう……なのは口を閉じているときだけだ。

「ちょっとアスラン！　一世一代の晴れ舞台だっていうのに、どうしてそんな仏頂面なのよ～」

「そりゃ、自分の意思で出席する晴れ舞台なら俺だって……」

いまだに納得いかずブツブツとつぶやくアスランをクロエが一蹴する。

「これも運命よ、アスラン。運命には誰も逆らえないの！」

逆らえないのは運命ではなく目の前にいるクロエだけだ。アスランは恨みがましい目で彼女をにらんだ。そんなものは意に介さないクロエはアスランに腕を絡めて、肩に頭をもたせかけた。

綺麗に化粧をほどこした横顔の思いがけないかわいさに、アスランの胸がドキリと鳴る。動揺をごまかすようにアスランは頭を振った。

(気のせい、気のせいだ)

口直しとでも言わんばかりに、列席者の最前列にいる王太子妃に目を向ける。淡いミモザ色のドレスを着たオディーリアはまさに女神のように美しく、アスランはうっとりとその姿に見とれた。

(俺の好みのタイプは彼女みたいな女性だったはずで……)

横恋慕をするつもりは毛頭ないが、ただ憧れているだけなら構わないだろう。そう思ったのも束の間、自身に注がれる殺気立った視線にアスランの背筋が凍る。オディーリアの隣に立つレナートが恐ろしい形相でこちらをにらんでいる。アスランは慌ててふたりから視線をそらした。

すると次の瞬間、アスランの耳朶に激痛が走る。クロエが引き裂かんばかりの勢いで耳を引っ張っているからだ。

「花嫁を前にしてほかの女に見とれているとは、いい度胸じゃないの」

「た、いたた」

見とれていたのは紛れもない事実なので、アスランは甘んじて痛みを受け入れる。

クロエはフンと鼻を鳴らす。

「いいもん。私、知ってるんだからね」

「なんの話だ？」

クロエはにんまりする。

「あの日。マイトはたしかにおなかの調子が微妙だったけど、代わってほしいとは言ってないんだってね」

「いや、それは部下として、具合の悪い隊長に無理をさせるわけにはっ」

「でも、少なくとも上官の命令ではなかったじゃない！」

「それは……」

「うふふ。今夜が楽しみね。私のものすご～いテクニックで、アスランをさらに惚れさせてみせるんだから」

そして、迎えた新婚初夜。

大きなベッドのみが置かれた夫婦の寝室で、アスランはじっと沈黙に耐えていた。

アスランは扉の前に立っていて、その対角線上にある窓辺に白い夜着姿のクロエがいた。椅子の上で膝を抱えており、アスランには背を向けているのでその表情をうかがうことはできない。

かれこれもう数十分はこの状態が続いていた。痺れを切らしたアスランが彼女の背中に声をかける。

「あ～。オディーリアさまに見とれていたことを怒っているのか？」

クロエは背中を向けたまま、ふるふると首を横に振った。

「じゃ、新しい遊びか？　ルールを説明してもらえないとわからない」

困り果てた声でアスランは言うが、彼女からの返事はない。アスランは細く息を吐くと、ゆっくりとクロエに近づいた。

「クロエ？」

彼女の名を呼び、肩に手をかけた。

すると彼女の身体はびくりと大きく震え、おびえたようにこちらを見た。頬は真っ赤に染まり、今にも泣き出しそうな目をしていた。アスランは呆気に取られた顔でクロエを見つめた。

「もしかして……緊張してるとか？」

クロエは目尻に涙を浮かべ、小刻みに震えながらこくりと小さくうなずいた。その初々しい表情にアスランは心臓を撃ち抜かれた。

（これは、反則だろう）

ここぞというタイミングで魅力を全開にしてくるなんて……卑怯だとアスランは思った。

「ごめん、アスラン。明日とか、一年後とか、五年後とかにしない？」

こわばる顔で言ったクロエにアスランは苦笑する。

「選択肢に幅がありすぎだろ。ものすご～いテクニックを披露してくれるんじゃなかったのか」

アスランが意地悪を言うと、クロエはたじろいだ。いつも押されっぱなしだったアスランはそれがやけにうれしい。

「知識はあるのよ。それは誰にも負けない自信があるんだけど……」

必死に言い訳するクロエをアスランは抱きあげ、ベッドに移動する。

「悪いけど、一年も……いや、一日だって待てないかも」

アスランは衝動のままに顔を近づけ、赤く色づいた彼女の唇を奪った。

ふたりの初めてのキスだった。柔らかで甘い禁断の果実にアスランは酔いしれる。

鼓動がどんどん速まり、息をするのも苦しいほどだった。

「アスラン？」

すでに聞き慣れたはずの彼女の声がいやに官能的に響く。アスランはクロエを見つめて、言った。

「これも運命かもな。運命には逆らえない、だろ?」

(認めるのが癪だっただけで、本当は……)

クロエが知らない男の妻になるのはどうにも我慢ならなかったし、マイトが恋人役をすると聞いたときも心がざらついて、思わず自分が代わると叫んでいた。

アスランはもう一度、唇を重ねた。

彼女の肩にかけていた手をおろそうとしたところで、アスランはぴたりと動きを止めた。

「うっ」

胸を襲う痛みにアスランは顔をゆがめた。

「え、どうしたの?」

クロエの顔が近づくと、痛みはますます増した。

「私とキスするのそんなに嫌だったの?」

アスランは慌てて否定する。

「ち、違う。そうじゃなくて、ドキドキしすぎて呼吸が苦しくて……」

「ちょっとアスラン－！」

アスランの意識はもうろうとしはじめた。クロエの声がどんどん遠ざかっていく。

結局、アスランは一年とはいかずとも結構待った。いや、待たされたのはクロエのほうだろうか。長く待ちわびた初めての夜は、それはそれは幸せな時間になった。

特別書き下ろし番外編

ふたりきりでお茶会を

　オディーリアは中庭を歩きながら空を見あげる。青い空に白い雲。すっかり夏模様だ。ナルエフの夏は爽やかで過ごしやすい。あっという間に終わってしまうのだけが、唯一の欠点だ。このところは戦もなく、穏やかな日々が続いていた。

「オデちゃん、待って！」

　クロエの声に振り返る。

「街に出るの？」

「うん。治療院に顔を出そうと思って」

　少し前にレナートが城の近くに貧しい民衆のための治療院を作った。オディーリアは時間を見つけてはそこに通い、治療に協力していた。

「私も買いものに出るから一緒に行っていい？」

「もちろん！」

　アスランの新妻となったクロエはますますパワーアップして元気いっぱいだ。

「そうそう、マイトからオデちゃんに伝言を頼まれたのよ」

「マイトから？」

「うん。レナートさまにもお茶会を開いてやってくれだってさ」

頭のなかに疑問符が浮かぶ。どういう意味だろう。すると、クロエが補足をしてくれた。

「マイトが私たちのお茶会に参加するとね、レナートさまがちょっとだけ不機嫌になるんだって。どうやら自分も参加したいみたい」

「レナートがお茶会に？」

そんな話は初耳だった。

決して彼を除け者にしているわけではない。レナートはとにかく多忙なので、ゆっくりティータイムを取ることができないのだ。

クロエは胸の前で両手を握って、にっこりとする。

「だからね、私とマイトでいい案を考えたの。夜にお茶会を開くのはどう？　月明かりのもとで……なんてロマンティックでしょ」

「なるほど」

たしかに、今の季節なら夜風も心地よい。

「メキメキ上達している手作りのお菓子をたくさん用意してあげたら、きっと喜ぶよ！」

「うん！　じゃあ早速みんなのぶんを作って、近いうちに――」

オディーリアの台詞にかぶせるようにクロエが言う。

「あ、違う違う！　みんなのぶんはいらないのよ。オデちゃんとレナートさまのふたりきりのお茶会だから」

「クロエは来ないの？」

即座に聞いてしまった。お茶会の主役はいつもクロエだったからだ。彼女は含み笑いで答える。

「私はほら！　夜に出かけるとアスランが寂しがるもの」

クロエは城を出て、今はアスランの部屋から通いでこちらに来ている。新婚だし、夜は一緒に過ごしたいのだろうとオディーリアは納得した。

「そうなのね。なら、レナートとふたりで……あ、マイトやハッシュは誘ったほうがいいかしら」

クロエは勢いよく否定する。

「ううん！　むしろ誘っちゃダメ。日程は五日後辺りがいいと思うわ。きっとベストタイミングになるはずよ」

（なんだか様子がおかしい気もするけど……クロエが変なのはいつものことか）

オディーリアは夜のお茶会のことを考えた。

（レナートとふたり。うん、それも楽しいかもしれない。お菓子はなにを作ろう？）

彼のうれしそうな顔を想像するだけで顔がにやけてしまう。

「それからね、お兄ちゃんからも伝言があるの」

クロエが言うので、オディーリアは彼女の顔を見た。

「茨の道にも終わりはあるからがんばれ、だって！」

マイトの伝言以上に、まったく意味が理解できない。オディーリアはまたもクロエの説明を待ったが、今回は解説してくれないようだ。

「すぐにわかるよ。ていうか、茨の道とか言っちゃうところが我が兄ながら性格悪くて嫌だわ〜。輝く未来へと続く花道ってところよね？」

同意を求められても困ってしまう。

（ハッシュに会ったら、直接聞いてみればいいかな）

それからちょうど五日後。夜のお茶会の準備を終えたオディーリアは、レナートを誘うことにした。

（今夜は月が綺麗だし、絶好のお茶会日和だわ）

執務を終えたレナートがふたりの寝室に入ってくる。

「おつかれさまでした」

出迎えたオディーリアの身体は、すぐさま彼の胸に抱きすくめられる。

「あぁ、ものすごく疲れた。だから……ねぎらってくれ」

彼の指先がオディーリアの顎をすくう。形のいい綺麗な唇が近づいてきて、オディーリアのそれに重なる。彼のキスはいつも巧みで、オディーリアを甘く酔わせる。

「んっ。レナート、待って」

「その頼みはあまり聞き入れたくないが……なんだ？」

オディーリアの頬をくすぐりながら、彼はクスクスと笑う。

「えっと。今夜は外に行きたいんです。付き合ってくれますか？」

彼は驚いたように目を瞬く。

「外？　それはまた、ずいぶんと大胆な誘いだな」

「大胆な誘い……？　そ、そういう意味ではありません！」

一拍遅れて、オディーリアの顔が真っ赤に染まる。レナートはオディーリアの耳元に顔を寄せ、ささやいた。

「そういう意味とはどういう意味だ？」

「し、知りません！」

オディーリアがプイッと顔を背けると、彼は楽しそうに肩を揺らした。

「あはは。悪かった、ちょっとした冗談だ。オディーリアは怒った顔もとびきりかわいいから、たまに見たくなるんだ」

悪びれずに言われてしまうと、なんだか怒りづらくなってしまう。

「もうっ」

「夜の散歩か？　もちろん付き合うぞ」

オディーリアは準備をしてあった中庭に彼をさりげなく誘導した。

白いレースのテーブルクロスの上には、ガラスのティーポットと三段のハイティースタンドにのせた色とりどりのスイーツ。味だけでなく、見た目のかわいらしさにもこだわった自信作だ。

クロエの言ったとおり、優しい月の光に照らされてムードたっぷりだ。

隣に立つレナートの顔をそっとうかがうと、彼はぽかんと口を開けている。

「これを……オディーリアが？」

「はい。レナートがお茶会に参加したがっているとマイトから聞いて、準備してみました。あ、夜にやってみたらどうかというのはクロエの提案なんですけど」

「――なるほどな」

レナートは小さくつぶやいてから、テーブルの上をまじまじと眺めた。

気合いを入れすぎてしまっただろうか。あらためて見ると、夜にふたりで食べる量ではなかったかもしれない。恥ずかしさをごまかすようにオディーリアは早口で言う。

「えっと、おなかがいっぱいでしたら無理はしないでくださいね。日持ちするお菓子なので、城のみんなに配ってもいいですし」

「ほかの人間になんか渡さない」

「え？」

レナートは心底うれしそうな笑顔でオディーリアを見つめる。

「俺のために作ってくれたのだろう？　全部食べるに決まってるだろ」

彼の幸せそうな顔はオディーリアのことも幸せにしてくれる。胸がキュンと甘く疼く。

（――レナートと一緒にいるとドキドキしたりキュンとしたり、心臓が忙しくて困っちゃう）

でも、それを〝幸福〟と呼ぶことをオディーリアはもう知っている。

「うまい。こっちも俺の好みだ」

オディーリアの作った菓子は次から次へとレナートの口のなかに消えていく。

「喜んでもらえてうれしいです！　あまり甘すぎないほうが好みだと聞いたので、果実の自然な甘さだけにしてみたんです」

「ありがとう。また、作ってくれるか？」

レナートは柔らかく目を細める。

「もちろんです！」

ふわりと吹いた夜風が、ほほ笑み合うふたりの髪を揺らす。

「――やっと念願のお茶会に参加できたな。ずっとうらやましく思っていたんだ」

「言ってくれたらよかったのに」

レナートはクスリと苦笑を漏らす。

「マイトやクロエにまで嫉妬するのはさすがに器が小さいな……と俺も多少は自制してたんだよ。やたらと勘のいいマイトには気づかれていたようだけどな」

「レナートのヤキモチは……うれしいです。遠慮することないですから」

レナートは甘い笑みを浮かべて両手を横に広げた。

「おいで、オディーリア」

レナートの膝の上に座れということだろうか。彼に甘やかされるのは、照れくさいけれど幸せな気持ちになる。オディーリアはおずおずと彼に近づく。すると、すぐに腰を抱き寄せられ、彼の上に横向きに座る状態になった。

「重くないですか？」

「ちっとも。それより、お前は食べないのか？」

「あ、そうですね」

レナートを見ているだけで、すっかり満足した気になっていた。

「俺が食べさせてやろう」

「え？」

レナートは手にしていた焼き菓子を口にくわえ、そのままオディーリアに顔を寄せた。口移しでもらったそれは、甘さ控えめにしたはずなのにやけに甘く……オディーリアの心と身体を熱くする。

「うまいだろう？」

「は、はい」

レナートはオディーリアを抱き締めたまま夜空を仰ぐ。

「今夜は月が綺麗だな」

「本当に」

彼がふっと、なにかを懐かしむような表情で笑った。

「思い出し笑い、ですか？」

オディーリアが聞くとレナートはうなずく。

「……お前の以前の声を思い出していたんだ。前の声も好きだったが、今の声もよい。甲乙つけがたいな」

「年老いて、前の声よりもっとしわがれた声になってしまっても、そう言ってくれますか？」

いたずらな瞳で彼の顔をのぞくと、優しい笑みが返ってくる。

「きっと色っぽいだろうな。楽しみだ」

ふたりはクスクスと笑い合った。

「今夜のお茶会はまさにベストタイミングだった。ハッシュが『好機は待っていれば来る』と言ったのはこのことだったのか」

クロエだけでなくハッシュも一緒になって、なにか画策していたのだろうか。気になるが、レナートが改まった表情で見つめてくるから聞くタイミングを逃してしまった。

レナートは静かな声で言う。

「実はお前に、大事な話があるんだ」

「大事な話？」

なんだろうか。今はどこの国とも争いは起きていないはずだし、ピンとこなかった。

彼の真剣な眼差しが刺さる。

「正式に結婚したいと思っているんだ」

「――正式に……つまり正妃を？」

ナルエフは一夫多妻を可とする国だ。側妃は城に迎え入れた時点で妻と認められるが、正妃は違う。正式な手続きを経る必要があるのだ。

「正妃、まぁそういうことになるな」

レナートはうなずいた。

オディーリアの心がざわめき出す。

（それは……ハッシュの忠告を忘れたわけじゃない。でも……）

レナートはほかの女性は必要ないときっぱり言ってくれたけど、彼の一存だけで決められる問題ではないことも理解できる。

（あぁ、でも――）

頭と心がはぐれてしまいそうになって、どうしていいかわからない。

そんなオディーリアの不安を払拭するように、レナートはすぐさま言葉を重ねた。

「おかしな勘繰りをするなよ。俺の妻はお前ひとりだけだと誓っただろう。正妃になるのはオディーリアだ」

驚きで言葉が出ない。黙ったままでいると、レナートはオディーリアの手を取り、白い甲に優しく口づけた。

「俺と、結婚してほしい」

「……で、でも、ハッシュや国の偉い人たちが」

そう簡単に納得はしないだろう。彼の気持ちはうれしいが、余計な負担をかけたくないとも思う。

（だけど、城にほかの女性が来るのも嫌……。私いつからこんなにワガママになったんだろう）

レナートは自信満々にほほ笑む。

「ハッシュはもう味方につけた。一番の強敵を倒したから、あとはそんなに大変じゃないはずだ」

オディーリアはクロエから聞いた〝ハッシュからの伝言〟を思い出す。

（茨の道、がんばれって……もしかしてこのことだったの？）

ハッシュから激励の言葉をもらえる日が来るとは思ってもいなかった。

「まぁ、多少の面倒はあるだろうが……覚悟を決めて俺と歩んでくれないか？　添い遂げたいと思う女はお前だけなんだ」

彼らしいストレートなプロポーズの言葉だ。

あふれんばかりの幸せに胸がうち震える。この愛にノーを言えるはずがない。

（負担をかけてしまうぶん、私もがんばって彼を支えればいい。レナートと一緒なら、きっとなにがあっても大丈夫！）

「はい。よろしくお願いします」

ゆっくりとうなずくオディーリアの目尻に涙が光る。レナートはそれを優しく拭い、そのまま彼女の唇を奪う。

月明かりのもとでの甘いキスはいつまでも終わらなかった。

「ちょっと！　本当に終わらない感じなんですけど……」

「ていうか、キスで終わらなかったらどうするのさ？　僕、のぞき趣味はないけど」

「え、私は結構興味あるわ！」

幸せいっぱいのふたりをチラチラと見やりながら、マイトは低木の陰にうずくまった体勢でクロエとコソコソ言葉を交わす。

プロポーズ成功の瞬間に飛び出して祝福するはずが、うっかりタイミングを逃してしまったのだ。

「ゴチャゴチャ言ってないで、今飛び出せばいいんじゃないか？」

「いや、それはさすがにないと思いますが……」

空気の読めない発言をしたのはもちろんハッシュで、そんな彼を正論で止めるのはアスランだ。

「そうよね、そうよね！　やっぱりアスランも見たいわよね」

目を輝かせるクロエにハッシュは思いきり引いている。

「夫婦そろって悪趣味だな。まぁお似合いでなによりだが……」

「えーっと」

反論する気力すら失っているアスランの肩を、マイトはポンポンと叩いて慰めた。

「アスランの苦労は僕がちゃんと見てるからね」

それから、マイトはレナートとオディーリアに視線を戻した。本当に幸せそうで思わずこちらの頬も緩むけれど……やっぱり自分はクロエほど悪趣味にはなれない。

「今日はおとなしく退散しようか。祝福パーティーは明日にしよっ」

（ていうか、レナートさまは僕らがここにいること絶対に気がついてるな。あの人もなかなかの悪趣味ぶりだ）

マイトはそっと目を伏せ、ふたりの未来に思いをはせた。

END

あとがき

本書をお手に取ってくださりありがとうございます！　一ノ瀬千景です。

久しぶりにファンタジー作品をお届けすることができて、とてもうれしく思っています！　この作品をベリーズ文庫にしていただけると聞いたときは、びっくりしすぎてしばらく信じられなかったほどです。

クールビューティーなヒロインが書きたいなぁとヒロインありきで考えた物語です。なのでオディーリアには思い入れが強く、絶対に幸せにしようという気持ちで書きあげました。このお話は彼女の成長物語でもあります。レナートはまっすぐで明るい男、私の作品のヒーローには珍しいタイプ。実は書くのに少し苦戦したりも……。

私の考えるストーリーは『暗め・重め』になりがちなのですが、今作は『明るく・楽しく』を意識しました。そのために登場してもらったのが、クロエとマイトのコンビです。ふたりの登場シーンはサクサク筆が進み、本当に助かりました！

最後までモテなかったハッシュ、そして、作者の好みを詰め込んだアスランもお気に入りです。

ファンタジー作品は時代や舞台を考えるのも楽しいですね。今作は東欧辺りをイメージしていて、参考画像を調べて、そのままどっぷりと旅行気分に浸ってしまうこともしばしばでした。

表紙は、すらだまみ先生が私の頭のなかの世界をそのままイラストにしてくださいました。チビオディーリアのかわいさが悶絶ものです！

いつもお世話になっている担当さまをはじめ、本書の刊行にご尽力いただいたすべての方に、あらためて御礼を申しあげたいと思います。

そして、いつも応援してくださる読者のみなさまにも心から「ありがとうございます」と言わせてください！

一ノ瀬千景

一ノ瀬千景先生への
ファンレターのあて先

〒104-0031
東京都中央区京橋1-3-1
八重洲口大栄ビル7F
スターツ出版株式会社　書籍編集部　気付

一ノ瀬千景先生

本書へのご意見をお聞かせください

お買い上げいただき、ありがとうございます。
今後の編集の参考にさせていただきますので、
アンケートにお答えいただければ幸いです。

下記URLまたはQRコードから
アンケートページへお入りください。
https://www.berrys-cafe.jp/static/etc/bb

婚約者に売られたドン底聖女ですが
敵国王子のお飾り側妃はじめました

2022年11月10日　初版第1刷発行

著　者　一ノ瀬千景

発行人　菊地修一
デザイン　hive & co.,ltd.
校　正　株式会社鷗来堂
編集協力　森岡悠翔
編　集　須藤典子
発行所　スターツ出版株式会社
〒104-0031
東京都中央区京橋1-3-1　八重洲口大栄ビル7F
TEL　出版マーケティンググループ　03-6202-0386
(ご注文等に関するお問い合わせ)
URL　https://starts-pub.jp/
印刷所　大日本印刷株式会社

Printed in Japan

乱丁・落丁などの不良品はお取替えいたします。
上記出版マーケティンググループまでお問い合わせください。
定価はカバーに記載されています。

ISBN 978-4-8137-1350-0　C0193

ベリーズ文庫 2022年11月発売

『若き金融王は身ごもり妻に昂る溺愛を貫く【極上四天王シリーズ】』 伊月ジュイ・著

親同士が同窓だった縁から、財閥御曹司の慶と結婚した美夕。初恋の彼との新婚生活に淡い期待を抱いていたが、一度も夜を共にしないまま6年が過ぎた。情けで娶られただけなのだと思った美夕は、離婚を宣言！　すると、美夕を守るために秘めていた慶の独占欲が爆発。熱い眼差しで強引に唇を奪われ…!?

ISBN 978-4-8137-1344-9／定価726円（本体660円＋税10%）

『恋なんてしないと決めていたのに、冷徹御曹司に囲われ溺愛されました』 滝井みらん・著

石油会社に勤める美鈴は両親を亡くし、幼い弟を一人で育てていた。恋愛にも結婚にも無縁だと思っていた美鈴だったが、借金取りから守ってくれたことをきっかけに憧れていた自社の御曹司・絢斗と同居することに。甘えてはいけないと思うのに、そんな頑なな美鈴の心を彼は甘くゆっくり溶かしていき…。

ISBN 978-4-8137-1345-6／定価726円（本体660円＋税10%）

『3年後離婚するはずが、敏腕ドクターの切愛には抗えない』 田崎くるみ・著

恋人に浮気され傷心の野々花は、ひょんなことから同じ病院に務める外科医・理人と急接近する。互いに「家族を安心させるために結婚したい」と願うふたりは結婚することに！　契約夫婦になったはずが、理人を支えようと奮闘する野々花の健気さが彼の愛妻欲に火をつけ、甘く溶かされる日々が始まり…。

ISBN 978-4-8137-1346-3／定価726円（本体660円＋税10%）

『エリート御曹司に愛で尽くされる懐妊政略婚～今宵、私はあなたのものになる～』 高田ちさき・著

両親を亡くし叔父家族と暮らす菜摘は、叔父がお金を使い込んだことで倒産の危機にある家業を救うため御曹司・清貴と結婚することになる。お金を融資してもらう代わりに跡継ぎを産むという条件で始まった新婚生活は、予想外に甘い展開に。義務的な体の関係のはずが、初夜からたっぷり愛されていき…！

ISBN 978-4-8137-1347-0／定価704円（本体640円＋税10%）

『俺様パイロットは揺るがぬ愛で契約妻を甘く捕らえて逃さない』 宝月なごみ・著

航空整備士の光里は、父に仕事を反対され悩んでいた。実家を出たいと考えていたら、同じ会社のパイロット・鷹矢に契約結婚を提案される。冗談だと思っていたのに、彼は光里の親の前で結婚宣言！　「全力で愛してやる、覚悟しろよ」──甘く迫られる新婚生活で、ウブな光里は心も身体も染め上げられて…。

ISBN 978-4-8137-1348-7／定価704円（本体640円＋税10%）

ベリーズ文庫 2022年11月発売

『双子ママですが、別れたはずの御曹司に深愛で娶られました』 宇佐木(うさぎ)・著

OLの春奈は、カフェで出会った御曹司・雄吾に猛アプローチされ付き合い始める。妊娠に気づいた矢先、ある理由から別れて身を隠すことに。密かに双子を育てていたら、二年後に彼と再会してしまい…。「もう離さない」──空白を埋めるように激愛を放つ雄吾に、春奈は抗えなくなって…!?

ISBN 978-4-8137-1349-4／定価715円（本体650円＋税10%）

『婚約者に売られたドン底聖女ですが敵国王子のお飾り側妃はじめました』 一ノ瀬千景(いちのせちかげ)・著

婚約者に裏切られ特殊能力を失った聖女オディーリア。敵国に売られてしまうも、美貌の王子・レナートに拾われ、彼の女避け用のお飾り妻になってしまい…!? 愛なき結婚のはずが、レナートは彼女を大切に扱い、なぜか国民には「女神」と崇められて大人気！ 敵国で溺愛される第二の人生がスタートして!?

ISBN 978-4-8137-1350-0／定価715円（本体650円＋税10%）

『人生7周目の落ちこぼれ聖女、今世は王太子様を寝かしつけるだけの簡単なお仕事です!?』 和泉(いずみ)あや・著

聖女イヴは何者かに殺されることを繰り返し、ついに7度目の人生に突入。ひょんなことから、不眠症を抱える王太子・オルフェと出会い、イヴの癒しの力を買われ「王太子殿下の添い寝係」を拝命することに！ お仕事として頑張りたいのに、彼がベッドの上で甘く囁いてくるので全く集中できなくて…。

ISBN 978-4-8137-1351-7／定価726円（本体660円＋税10%）